TÉRIO

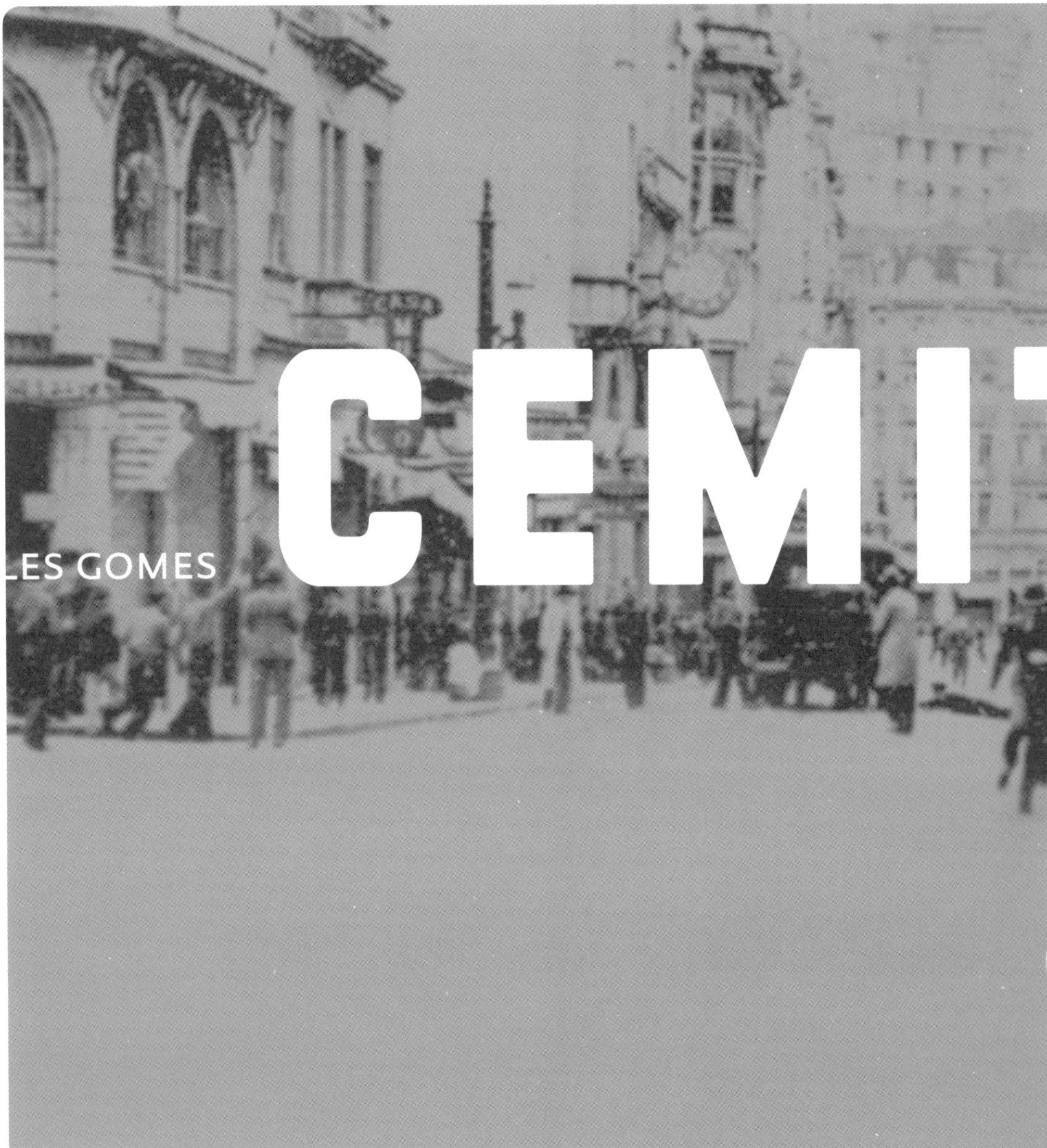
LES GOMES
CEMIT

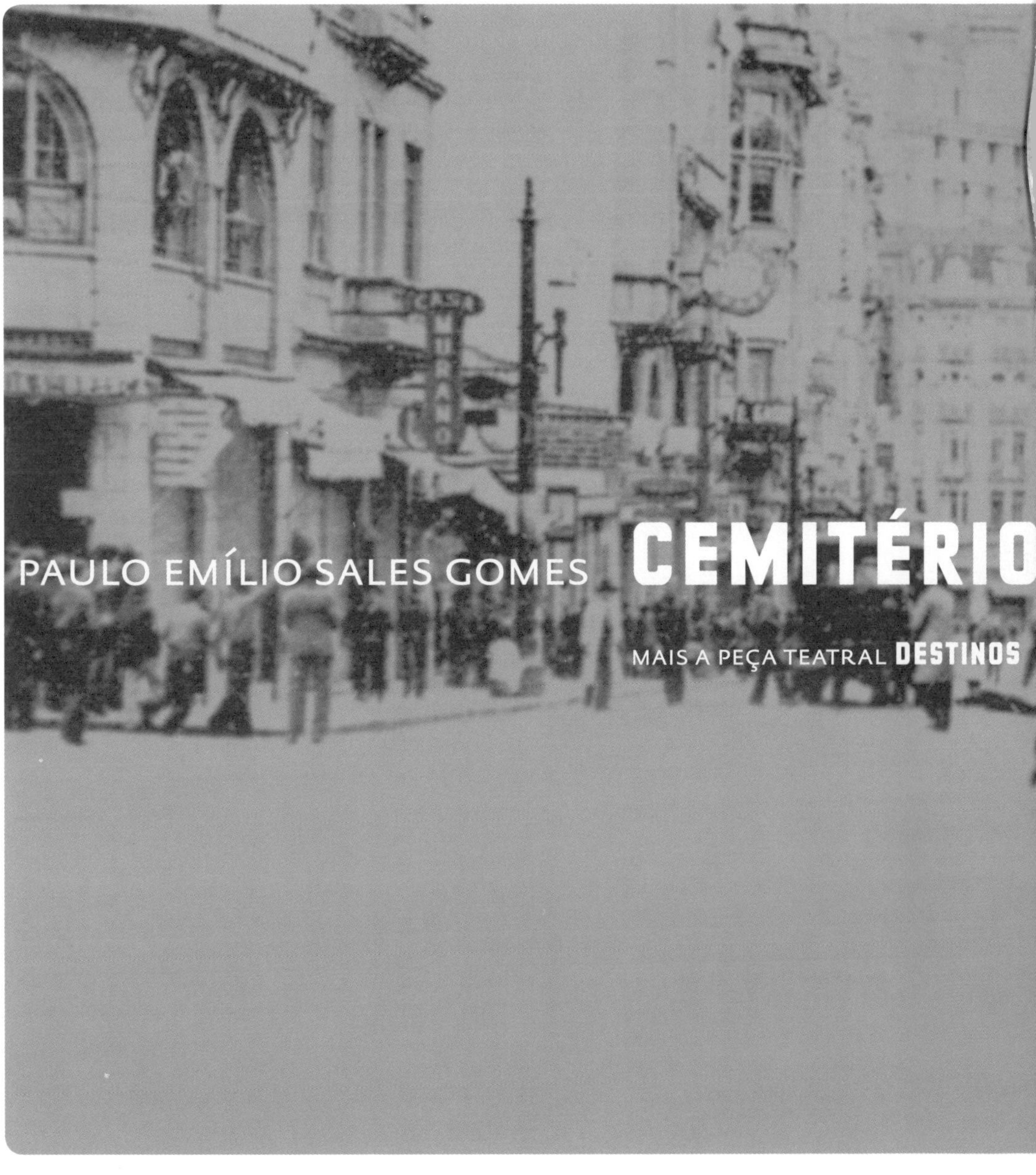

PAULO EMÍLIO SALES GOMES

CEMITÉRIO

MAIS A PEÇA TEATRAL **DESTINOS**

TÉRIO

organização e p

organização e posfácio CARLOS AUGUSTO CALIL
COSACNAIFY

CEMITÉRIO

Ler, eu li e reli, copiei até, e continuo lendo – minha vida está dependurada nessa bosta – mas é que entendo mal, confundo, me perco. Que cemitério é esse, por que cemitério se parte de sua gente está viva, gente em geral desconhecida por mim, mas às vezes conhecida? Tem os que andam escrevendo para os jornais, mandando cartas ou aparecendo na editora para discutir, protestar, como se não bastasse a gritaria dos filhos e netos dos mortos, além dos filhos-da-puta que não têm ninguém nesse cemitério mas querem, como dizem, desagravar São Paulo: são os que mais berram. Cemitério? Não tem cemitério nenhum nesse livro maldito, a palavra não aparece uma só vez nas quinhentas páginas, eu sei porque procurei. Só está na capa, mas aí não se enxerga outra coisa: em letras roxas enormes. Os desenhos cinzentos do Galdino, com túmulos entreabertos, cruzes quebradas e uma cara de defunto, quase não se vêem, só procurando muito, sobretudo o defuntinho misturado bem embaixo com o nome da editora. Pois procuraram, encontraram e até disso me culpam, eu ouvi aquele careca de bigode preto da televisão, ~~Espantimburgo ou o raio que o parta~~, me malhando e chamando a atenção para a perfídia do desenho, parece que o defuntinho lembra o mais digno e ilustre dos paulistas. Mas é um nunca acabar! Não é possível que haja tanto paulista ilustre e digno assim. Cada cara que aparece atacando o livro – já são dezenas e aumentam a cada dia – é para defender a memória de um morto ou a dignidade de um vivo, todos paulistas, todos ilustres, todos dignos, todos inesquecíveis. Ora bosta, já estou percebendo muita vigarice em toda essa confusão atordoada. Cemitério tem muita gente, mais de duzentos, eu contei, estou até fazendo ficha de cada um, ver se punha um pouco de ordem nessa trapalhada. Será possível que toda essa gente existiu ou existe, e todos paulistas ilustres, ora porra? Tem uns dez pelo menos que não são nada disso, ou melhor, tudo isso ao mesmo tempo, estou vendo. Não sei mais o que é digno ou ilustre, mas paulista eu acho que nasceu em São Paulo e não em Minas ou na Bahia, os mascarados. Sou baiano e não nego, mas não se trata de mim, não tenho nada que ver com isso, entrei de cretino. E dos tais falecidos inesquecíveis tem pelo menos cinco, até agora, que pelo jeito ninguém sabe mais quem foram e os únicos que se lembram deles são os parentes que escreveram cartinha para o *Jornal da Tarde*. Vagabundos aposentados que não têm o que fazer, passam o tempo lendo *O drácula de Vila Clementino*, vai daí compram o *Cemitério* e depois vêm aporrinhar. Porque estão enchendo e o Silveira se aproveitando e me ameaçando. A chateação é para mim e o dinheiro para ele.[1]

Não adianta continuar escrevendo desse jeito. Apesar das aparências, de viver em São Paulo e de ganhar a vida trabalhando onde trabalho, não sou boçal. Sou baiano da Feira nascido numa família de antigamente, modesta mas com formação. Sempre soube escrever e falar antes de vir para São Paulo fazer o que faço. Pratico a vulgaridade porque é preciso, mas agora estou aqui comigo mesmo procurando pôr ordem na cabeça e na vida, ninguém me ouve, nem minha mulher e nem os tolos, e posso ser como sou, fino, ou pedante, como ela pensa e às vezes diz. Apesar da vida que levo,

---

1. Trecho datado pelo autor de 25-11-1973. [N.O.]

sei o que é bom e desprezo *O drácula de Vila Clementino*, cuja escolha me valeu tanto elogio, aumento de ordenado, e que mal li. Pratico a higiene mental e permaneço, em segredo, homem decente e de gosto. A própria escolha do *Cemitério* – do qual percorri inicialmente aqui e ali umas vinte páginas se tanto – não foi ditada apenas pela cena do banqueiro com uma mocinha de onze anos – muito bem escrita, aliás – tão ao gosto do público de nossa editora, mas sobretudo por outra passagem sem nada de especial: durante a primeira quinzena de julho de 1932, um carro sobe lentamente a Serra do Mar conduzindo Santos-Dumont, confuso e inquieto, preocupado com a posteridade e o esquecimento. Tanto o banqueiro de papada e sua companheirinha, quanto o inventor envelhecido e o motorista mulato, sorridente, eram todos simples e verdadeiros. Por uma vez foi a finura que me conduziu, quase sem eu perceber, e me perdeu. Pensar que foi devido a Santos-Dumont que os jornais começaram a falar e a coisa estourou! Lembro que ao receber o manuscrito tive vontade de ler um pouco mais. Mas não tinha tempo para nada! O livro era enorme, o título convinha – *Cemitério* – e tinha safadeza, leria outros pedaços depois de publicado como faço às vezes e outras nem isso. O Silveira acha que tenho olho – sobretudo depois de *O drácula de Vila Clementino* – e o elogio virou pretexto para me encarregar de tudo. Junto com o *Cemitério* chegaram mais uns quatro manuscritos. "Vê se escolhe os mais compridos", Silveira explicou. "Nosso público é gente adulta, sem pressa, que gosta de curtir, não é essa meninada das brochurinhas. E os velhotes pagam, podemos dobrar ou triplicar o preço. Pega uma daquelas histórias, uma que vai e vem, tem a esculhambação, depois fala de outra coisa e daí volta. Agora temos papel à beça, o coronel resolveu tudo, vamos tocar. Isso de *Messalina* de cinqüenta páginas é para os fodidos como o Sousa. Nosso leitor vai pagar caro mas fica quinze dias, um mês, lendo e procurando, fala pro amigo, mas não pode emprestar porque está no meio e o outro vai daí compra. Pois é."

Como podia adivinhar, eu que há mais de dez anos estou nesse negócio? Por causa do Santos-Dumont? Mas no *O novo Nero* também não aparecia gente conhecida, até marechal? Uma coisa não tem nada que ver com outra e nisso o Silveira tem razão. Nossos leitores são adultos e especiais. Acabei conhecendo muitos deles, são o que são, não pretendo julgá-los. Mas sempre me achei merecedor de um trabalho menos suspeito e durante anos procurei mudar de vida. Ultimamente me acuso de não ter posto mais empenho na procura de um emprego diferente. A verdade é que seria uma irresponsabilidade largar a editora e sair por aí procurando emprego em redações de jornais e revistas, as pessoas olhando para mim com pena, me achando velho. Em São Paulo sempre me acharam velho, desde que cheguei da Bahia há vinte anos, quê vinte anos, muito mais. O próprio Silveira me disse cheio de complacência, depois de *O drácula*, "você com esse ar velhão até que está por dentro".

Releio mais de uma vez a viagem de Santos-Dumont para encontrar Pedro de Toledo. Quero me certificar de que não tinha motivo nenhum para ficar desconfiado quando dei com a passagem uma primeira vez, é verdade que por alto. Mas depois disso quantas vezes li tudo de cabo a rabo me esforçando em não deixar escapar nada, com a deliberação sincera de não me deixar enganar, com a sensação de que já conheço tudo de cor, contrariado o tempo todo pela abundância de nomes, locais, situações, pormenores, diálogos, pensamentos e a própria extensão da narrativa, muito maior do que me pareceu a primeira vez. Mas eu estava lá ligando para isso a primeira vez? É claro que fui superficial. Mas é só o que faltava não ser superficial no que faço, ora essa. Imagine se eu ia ler a fundo *O drácula de Vila Clementino* ou *O novo Nero*, resumir, fazer sugestões, era só o que me faltava. Nunca tive interesse por esses livros e Silveira[2]

---

2. Anotação do autor entre colchetes: "retomei em Águas [de São Pedro] em janeiro de 76". [N.O.]

que está falando nunca leu foi nada, porque além de preguiçoso é analfabeto, é só uma escrita ser mais complicada, como aquele artigo do *Estado* sobre Armando de Sales Oliveira que pedi para me explicar, que ele embrulha tudo e acaba entendendo menos do que eu. Esse Armando de Sales é outro que, com Santos-Dumont, Pedro de Toledo e toda trempe acabaram me azarando a vida. Aquele pretinho, o Altimar, que trabalha no *Estado*, me jurou que o *Jornal da Tarde* publica tudo que qualquer cretino escreve sobre o *Cemitério* só porque eu falei desse Armando e de outros de lá, ~~que chamei ele de marimbondo e mais coisas~~. Mas eu não sei nada, não falei nada, não escrevi nada, não li sequer quase nada antes de publicado. Mas vá a gente explicar o que aconteceu, ainda por cima com o Silveira azucrinando, me ameaçando, me explorando. Eu sou capaz de me matar, mas antes eu mato ele. Mas por quê essa aflição, ela só me atrapalha, resolvi escrever para deixar tudo claro, para me defender, eu preciso me defender, isso não pode continuar assim, com o Silveira se aproveitando da situação, me pagando cada vez menos, dizendo que podia me denunciar por apropriação indébita de direitos autorais, ora essa é boa, eu não escrevi o *Cemitério* mas o Silveira também não e a bolada que está entrando vai toda para o bolso dele, o *Cemitério* não tem autor nenhum, esse J. de Costas não existe, se existisse aparecia, e se existe com esse nome ou outro, não quer aparecer e deve saber por quê, ele que não é besta mandou a bomba pelo correio e escafedeu-se e a coisa veio arrebentar comigo, de burro que fui. Mas como é que podia saber? A encrenca começou logo com aquilo de Santos-Dumont subindo a Serra do Mar, justamente a única parte do livro que tinha lido melhor, e quem é que ia adivinhar que era um ultraje à segurança nacional conforme disse um deputado, um estadual daí mesmo que ninguém sabe quem é, que nessas horas tem paisano mais víbora que general. Pois é, como diria o sacana. Mas o que é que aquela viagem tem de mais? Sou capaz de contar tudo, com palavras do livro e com palavras minhas para ter certeza de que nada me escapou, pois depois comparo. Quando o J. de Costas ou o raio que o parta que escreveu aquilo começa a contar o caso, o automóvel amarelo dirigido pelo velho Deolindo levava Santos-Dumont para São Paulo e se encontrava quase no alto da Serra, já tinham passado a Curva da Morte, nome que naquele tempo se dava a lugar bonito e tranqüilo onde nunca morria ninguém. O patrão ao lado do motorista vinha calado desde Cubatão. Deolindo parou o carro cuidadosamente junto à ribanceira para refrescar o motor e Santos-Dumont desceu. Andou alguns passos para contemplar um fio grosso de água muito limpa que batia rijamente na pedra. "– A natureza é forte, Deolindo." "– É sim senhor, muito."

A viagem continuou em silêncio. Já na estrada do planalto o carro parou novamente mas desta feita Santos-Dumont não desembarcou. Limitou-se a apontar para um cachorro que seguia junto à valeta. "– Repare, Deolindo, como aquele cão olha o tempo todo para trás, mas não pára, continua andando e virando a cabeça. Os gatos não fazem isso. Eles primeiro param e depois olham. Muitas vezes só viram a cabeça depois de assentar-se. Em Paris eu não me voltava nunca, andando ou parado nos bulevares. Vamos continuar, Deolindo, que a tarde está caindo." Durante largos minutos Santos-Dumont cochilou balanceando ao sabor da estrada desigual, a cabeça bem tratada com um nada de brilhantina, e protegido do ar fresco da altura por um pequeno boné de crochê. Sonhou ligeiramente com um gato que o cumprimentou cruzando com ele numa calçada, mas não teve tempo de responder, pôs a mão na aba do chapéu e tentou se voltar mas o esforço dissipou o sonho. Acordou mas tinha ficado longe, pulverizado no sonho desvanecido, e durante um minuto de inquieta eternidade ficou olhando para os lados, ansioso e intimidado. "– Um pouco mais e a gente chegou, patrão." A voz e o sorriso bom do empregado lhe trouxe algum conforto. Não voltara a si mas voltara a ele e foi sem constrangimento que perguntou "– Deolindo, quem sou eu?". O chofer abriu o sorriso de todos seus belos dentes da frente e respondeu "– Ora seu Santos, o senhor é o seu Santos". Santos-Dumont continuou sua procura murmurando baixinho. Santos, Santos, lembrava que tinham saído de Santos, mas Deolindo interrompeu a busca mostrando ao longe a claridade acesa de São Paulo. A partir daí e até o encontro com Pedro de Toledo no Palácio dos Campos Elíseos as coisas não são mais tão claras. O *Cemitério* tem muitos momentos assim em que o escritor se esquece do leitor e até das pessoas de que está cuidando. Chega um momento em que o autor, o J. de Costas ou outro qualquer, não importa, eu é que não sou, disso tenho certeza, apesar dessa gente por aí, eu nem sei direito francês, mas isso é outra coisa e voltando ao meu assunto o que eu quero dizer é que os pensamentos de Santos-Dumont, a partir do momento em que redescobre quem é, vão se afastando cada vez mais dele até o momento em que a gente não sabe mais de quem eles são e o que são. Quando Santos-Dumont percebe que durante um tempo incalculável se esqueceu de si próprio e não consegue lembrar o que aconteceu antes disso e o que está fazendo naquele automóvel ao lado de Deolindo num começo de escuridão, sua desolação só é compensada pela proximidade do *mécanicien Gérard à qui je dois dire un mot au sujet de cet aile, elle flotte cette toile légère, il faudra faire venir une autre de chez Daniel, vous voyez bien mon cher Gérard qu'il faut toujours ce qu'il faut, à la guerre comme à la guerre*[3], mas não, foi antes, muitos meses antes de Agadir quando apareceu aquele jornalista do *Figaro* – *mais vous êtes célèbre monsieur Dupont, vous avez Paris à vos pieds, mais c'était hier c'est maintenant il suffit peut-être de l'appeller plus fort, Gérard, Gérard, Gérard!*[4] Deolindo olhou rapidamente o patrão e procurou acalmá-lo, já

---

3. ... "mecânico Gérard, a quem preciso dizer alguma coisa sobre essa asa – que oscila por causa da tela leve, é preciso pedir ao Daniel que mande vir outra, você sabe muito bem, meu caro Gérard, que é preciso fazer sempre o que é preciso, na guerra, guerrear". [N.O.]

4. "mas o senhor é célebre senhor Dupont, o senhor tem Paris aos seus pés, mas isso é de ontem, hoje basta talvez chamar mais forte, Gérard, Gérard, Gérard!" [N.O.]

estamos chegando, é logo ali. Mas no *Cemitério* o pensamento e as palavras de Santos-Dumont deslizam cada vez mais, em francês ou português, o autor fala da posteridade e do esquecimento e eu não sou dos tais, como o cavalo pretensioso do Silveira, quando entendo, entendo, quando não entendo, não entendo e tenho a impressão aliás quanto mais leio o maldito livro que a maior parte do tempo entendo mais ou menos e vai ver é assim mesmo com qualquer livro, agora que estou velho, estou achando. Se até ele se esquece dele então os outros também vão se esquecer e ele vai ficar sabendo sozinho, isolado, mas é muita coisa junta, tudo se atropelando ao mesmo tempo, é responsabilidade e sofrimento, preciso dizer para alguém, explicar tudo direito antes de esquecer e ser esquecido para sempre: "Vou falar com o governador". O velho coração de Santos-Dumont se acalmou contente, agora sabia para onde ia e pôde se lembrar sorrindo a primeira vez que não soubera mais quem era. "A avenida estava apinhada de crianças com bandeirinhas, senhoras de vestidos claros e fitas largas, os homens abanando os chapéus de palha nas mãos. Todos gritando. De repente eu precisei entender o que estava acontecendo, descobrir o porquê de toda aquela algazarra. Estava de pé num automóvel e ao meu lado, sentado, um homem de cartola cinzenta. Contra meus hábitos olhei para o outro lado, o lado para o qual toda aquela gente estava olhando, e fiquei estupefato de reencontrar todos os mesmos olhares voltados agora para a direção oposta que acabara de contemplar. Aturdido por aquele cruzamento de milhares de mesmos olhos, perguntei ao meu acompanhante '– O que se passa?'. Ele fez um largo gesto para a multidão e respondeu '– Excelência, é o Brasil aos pés do glorioso Santos-Dumont'. Era eu, ora essa."

Minha vida desde menino foi sempre muito cheia de ocupações e confesso que nunca sobrou tempo para pensar em Santos-Dumont, mas por que eu iria desfeiteá-lo, e logo agora entrado na velhice, momento em que se evita acrescentar às antigas alguma nova complicação? E olhe que não é uma nem dez, é cinqüenta, talvez cem dificuldades que o *Cemitério* está me trazendo, e eu não estava preparado, não tive tempo, já disse, é uma injustiça. E Santos-Dumont ainda é, coitado, a dificuldade mais fácil de todas. Santo Deus! Eu sempre soube quem foi ele, toda gente sabe, até o Silveira e a Claudina, ele é de todos, compreende, e pode-se fazer com ele o que bem entender, conforme a gente esteja satisfeito, desconsolado, na fila do INPS ou à toa sem o que fazer. Vamos ser francos conosco, admitamos todos que eu seja o autor do *Cemitério*, para argumentar, por ora só cuidaremos de Santos-Dumont, que o assunto do deputado estadual é esse, pois bem, que segurança é essa que tem que ver com o que contei, entendendo mal e mal concordo, mas o que não entendo pouca gente entende e não pode ter tanta importância assim, afinal a vida é assim mesmo no mais ou menos porque, se fosse preciso entender tudo, parava. É, mas vocês dirão, isto é, o deputado estadual dirá: "O que você contou não é tudo, tem mais, tem o que você pôs no *Cemitério* e agora omite, tem todo o encontro de Santos-Dumont com o governador Pedro de Toledo que você esconde". Não escondo nada, retrucarei, sempre para argumentar, e para começo de conversa no encontro dos Campos Elíseos Santos-Dumont está lá mas é como se não estivesse, não fala quase nada e não sei se ouve ou sabe o que o outro velho diz ou pensa. O que chama a atenção são os colarinhos. O de Santos-Dumont é largo como o que aparece nas fotografias, mole porém, e um pouco amarfanhado, ao passo que o outro vai alto, duro e sem dobra no velho pescoço de Pedro de Toledo. Passaram horas conversando ou pelo menos sentados lado a lado e, a certa altura, não sei como o assunto foi Rui Barbosa. Eu já notei que seja qual for a conversa chega uma hora que a gente sabe do que se trata. "– Um jornalista escreveu que sou o Rui Barbosa do ar." A observação contrariou Pedro de Toledo e foi talvez por isso que Santos-Dumont calou. Talvez também devido ao cansaço e àquela vontade de escuridão e silêncio subitamente mais forte do que tudo. O outro estava no pólo oposto, vivo, desperto e desconfiado. Não tinha muito o que fazer, queria se distrair e ficara alegre com a visita de Santos-Dumont que já encontrara uma vez, fazia muito tempo, na casa do velho Vilares. Se aludira como sempre ao mais pesado do que o ar e o inventor explicara que o ar não tem peso, que o que pesa é a velocidade. De início não entendera muito bem, por isso não se esquecera, senão das palavras pelo menos do sentido da frase. E qual era mesmo exatamente o sentido? Poderia aproveitar a ocasião e perguntar-lhe mas estava tão estranho e distante, dizendo coisa e outra sem se preocupar com quem estava falando e fazendo alusões perdidas a Rui Barbosa. "Até ele! A decisão de esquecer o passado foi solene e os íntimos sabem que foi minha, desde vinte e pouco quando ele morreu, não falei mais em Rui Barbosa, mas os outros falam e assim o que adianta eu ficar quieto? A partir de 23 de maio então, e sobretudo de 9 de julho não falam em outra coisa, ninguém me conta nada, eu só ouço discursos e não há um em que não apareça Rui Barbosa. Donana diz que não é de propósito, que Rui Barbosa é nome que qualquer ~~imbecil~~ conhece, e aliás são todos muito gentis comigo, mas não me contam nada." Defronte daquele homem calado e triste, Pedro de Toledo deixou-se levar pelas agudas preocupações da última semana. Nada do que lhe tinham dito acontecera e fazer revolução sozinho é [coisa] de bobo. Segurou o Klinger a sós no gabinete e perguntou, mas o alemãozinho mostrou um mapa e negaceou, que diferença do Hermes que dizia tudo e o povo caçoava mas não sabia que o marechal também era da patacoada "volta inteira volver e o Brasil dança, Dr. Pedro" e a boca de Pedro de Toledo abriu num sorriso bom mas fechou logo com a volta da preocupação, na hora da confusão quando todos só pensam em outra coisa, esqueceriam dele naquele palácio enorme que não conhecia direito, e sem automóvel carregando a maleta para o Hotel do Oeste que fica longe. "– Onde está Donana?" O pensamento dispersou-se pelos mendigos de antigamente e outros desocupados do Passeio Público, os de cara mais velha naturalmente morreram e foram substituídos por outros, e os jovens devem ter envelhecido muito. Ouviu uma batida leve, a porta abriu-se devagarinho e apareceu a cara escura e feia do Dr. Cassiano que sempre o sobressaltava. Na poltrona em frente Santos-Dumont dormitava.

De Rui Barbosa tenho mais a dizer que todos os paulistas reunidos, menino em Feira morava na praça Rui Barbosa e papai explicava, "mas esse Pedro de Toledo está criando dificuldades". Uma neta ou mais longe do que isso escreveu para o *Jornal da Tarde* me acusando de malícia, eu ou o J. de Costas, na aporrinhação do Silveira acaba tudo na mesma, e me desafiando para responder que Donana é essa que aparece na vida de Pedro de Toledo. E é para mim que a senhora vem perguntar, madama? Se nem ele eu conhecia, isto é, é claro que conhecia, toda semana meu pé inchado entra na fila do INPS na rua Pedro de Toledo, o que não sabia é quem ele era. Estou sabendo agora os colarinhos e tudo o mais por dever de ofício, admito que esta trapalhada me cultiva, mas essa de todos os paulistas de cima acharem que é obrigação minha conhecer as coisas deles, olhe lá, comigo não. Uma coisa é Rui Barbosa, Donana e mesmo Santos-Dumont e outra é Pedro de Toledo. É preciso não confundir e eu não confundo. E a malícia é sua, minha senhora, que não vê as coisas que se adivinham, bastaria pensar no adormecer de Donana, muitas peças brancas por baixo da camisola alva, tudo lavado e repassado a ferro diariamente, a prece deitada olhando para o infinito do teto, dedos firmemente cruzados no peito, tudo adequado ao instante que pode chegar a qualquer momento, é dali para o caixão e para a cova, com toda compostura dispensando meximentos. E o Deolindo esquecido na garagem do palácio por J. de Costas, por mim, por todos, na sua fidelidade ao mais branco, instante de estirpe ignorada que fez pulsar a terra, a cidade e o ar.

Para me defender vou precisar falar de cada um, e são muitos, de todos e de mim também. Que não me julguem pelo que sou e faço. Não tenho meios para forçar nada e minha vida é conduzida de tal jeito que meus interesses coincidem raramente com a verdade. Não é que propriamente minta, não tenho tempo para isso, não sou como o Silveira que põe tudo nas minhas costas e gasta o lazer na praça procurando conversa com as donas-de-casa. Sou capaz de jurar que não come uma só enquanto lhes oferece guaraná no escritório e me manda levar pacotes para o lado do Jabaquara, quando ainda não havia metrô. Passo a maior parte do dia andando ou de pé no ônibus com o pé inchado pisado pela indiferença. O centro de minha vida é o pé inchado há vinte anos, esse o meu interesse principal e de que maneira conciliá-lo com a verdade, a consciência, a honestidade? Posso fazer é escondê-las para que não se corrompam. Se pudesse deixar o pé em casa, eu as levaria para a rua, o trabalho, a vida, mas não posso, sou obrigado a deixá-las escondidas nos mais variados locais até agora, no meu canto da cama de casal com Claudina, na cadeira de palha ou em algum armário que sei. Finalmente tenho este caderno onde permanecem mais acomodadas e em segurança pois também não as uso na vida doméstica. Depois do pé meus dois outros interesses são Claudina e Rosália, igualmente inconciliáveis com as virtudes que escondo. Rosália não é minha filha, tenho certeza e talvez ela também. Claudina só me respeitou quando soube que era o autor do *Cemitério*, mas durou pouco. Ao começar o escândalo foi a primeira que me acusou, antes até do Silveira que de início gostou, iria ajudar a venda como de fato ajudou e continua ajudando, depois é que ficou com medo, pondo a culpa toda em cima de mim até para os jornalistas, mas guardando todo o dinheiro que entra enquanto não chegam a proibição e o processo. Que a defesa dele está pronta, o processo pode começar amanhã, tem advogado com tudo escrito. Se defende gritando para quem queira ouvir que sou o culpado de tudo, menti que o *Cemitério* era como *O drácula de Vila Clementino*. Ora, eu digo sempre a mesma coisa, para que me cansar, há tantos anos, que *O drácula* é como *O novo Nero*, que o *Nero* é como *A mulher satânica* que é como *O defunto assassino* que é como o outro e assim para trás, e nunca aconteceu nada, tudo certinho e o Silveira contente. Eu não sei se *O drácula de Vila Clementino* é como *O novo Nero*, nunca li nem um nem outro direito, meu trabalho é levar para a tipografia o manuscrito, depois ir buscar os livros e em seguida levar os pacotes às vezes lá para o Jabaquara. Quando fico no escritório com um manuscrito aberto na minha frente durante horas, eu não estou lendo nada, preciso é descansar meu pé. E as perguntas do Silveira não eram para saber nada, era pergunta por perguntar, dizia sempre a mesma coisa e eu também, como dizia bom dia e boa noite sem nunca pensar em mim nem eu nele. Agora o Silveira também diz que o J. de Costas é invenção minha, que fui eu que escrevi o *Cemitério*, que eu confessei mas depois quis me retratar, que a prova de que J. de Costas não existe é que nunca apareceu para buscar o dinheiro do autor, e que se existe é meu cúmplice. Ainda vou dizer tudo direito aqui no caderno para depois examinar com um advogado o conveniente para declarar em minha defesa no tribunal militar de que fala o Silveira, mas não preciso esperar para contra-atacá-lo, naturalmente no mais absoluto silêncio, pois senão me joga na miséria completa. Se em vez de ler eu escrevo, diz ele, então não precisa de mim, que para carregar pacote qualquer um serve... Qualquer, mas quem carrega sou eu cada vez mais e ganhando menos, pois Silveira parou de me pagar a leitura, continua me entregando manuscritos, mas perdeu a confiança, diz ele que preciso reconquistá-la, de forma que além de tudo me obriga a ler, no momento é *O assobio do esqueleto* do mesmo autor do *Defunto assassino*, nosso fornecedor há dez anos que traduz do italiano o que traz como sendo seu e escreve de fato com seu nome verdadeiro livros instrutivos para adolescentes que a Melhoramentos publica. Não tenho nada que ver com isso e nunca disse nada mas agora me evita no escritório, só conversa com Silveira. Você saberá tudo, caderno, do meu martírio, o pé inchado que agora sai de noite e aos domingos debaixo de insultos de Claudina, que me atribui amantes, é que procuro pessoas e livros, mais livros que me expliquem os nomes e se possível os fatos que aparecem no *Cemitério* para o caso de ser obrigado a confessar que fui eu que escrevi, e em seguida me defender. Apesar do que o Silveira diz, não acredito que a Aeronáutica vá me fazer muito mal por causa do pobre Santos-Dumont que mocinho viveu contente em Paris e ninguém teve a intenção de ofender. Para as tataranetas de Pedro de Toledo não ligo e duvido que algum militar gaúcho de hoje vá tomar as dores de um civil e paulista [que tinha] setenta anos há mais de quarenta anos. Com Rui Barbosa ninguém se intromete, Donana obteve o sono pelo qual rezava e Deolindo, é claro, jaz em paz... Me entendo sem alegria, mas bem, com os velhos do *Cemitério* e da cidade. Os velhos sempre existiram, tudo se passa como se o mundo precisasse deles, e os diversos modelos que contribuem para povoar o mundo me parecem todos aceitáveis, Santos-Dumont, Pedro de Toledo, Donana, Deolindo, Antônio Conselheiro, d. Pedro II, e o poeta que, se não tivesse morrido, amanhã seria tão velho como Rui Barbosa, membro como os outros da triste confraria, não havendo motivo para excluir o autor de *O drácula de Vila Clementino* ou os mendigos do Passeio Público. Minha própria velhice entraria no rol se me fosse autorizado desviar um átimo do interesse da minha defesa, de Claudina, Rosália e sobretudo de meu pé.

Não há lugar no mundo em que dr. Getúlio Vargas tenha sido tão amado como em São Paulo e não há gente que o tenha odiado tanto quanto os paulistas. Todas as pessoas do mundo, inclusive os sábios, só fazem uma descoberta durante toda a vida, mas cada uma faz a sua. O dr. Chagas descobriu a doença de Chagas e o filho dele que também é sábio descobriu a eletricidade do peixe elétrico. Eu desconfio que fiz minha descoberta agora, a de que São Paulo não tem nada que ver com os paulistas, o que me trouxe tranqüilidade. Sou de Feira de Santana e no meu primeiro tempo em São Paulo havia pouco baiano e muitos que chegavam viravam paulistas como o dr. Artur Neiva, badalo da locomotiva que puxa os vagões vazios. Assim entendo melhor o *Cemitério* e a Revolução de 32. Ignorante, me respondeu Silveira, quando lhe perguntei que revolução era aquela de que Pedro de Toledo falava. Os paulistas pensam que o Brasil inteiro tem obrigação de saber o que fazem. Revoluções de antigamente não faltam, a do Padre Cícero, o bombardeio da Bahia por Seabra, a revolução de Isidoro em São Paulo que não foi dos paulistas, a deles é a de 32, que querem impingir para todo mundo. Ninguém teve tanta paciência com os paulistas como o dr. Getúlio Vargas e se isso não está lhe sendo contado no céu é porque não tem importância e pode ser até que nesse ponto ele tivesse errado. É aí que entra no *Cemitério* o tal Armando de Sales Oliveira que provocou a implicância do *Jornal da Tarde* comigo, mas São Paulo não é *O Estado de S. Paulo*, é só descobrir e tudo se esclarece. Os paulistas se queixavam, pediam Pedro de Toledo, coitado, e o dr. Getúlio deu e em paga eles fizeram a Revolução de 32. Era uma bobagem, o velho do colarinho era fino, e os paulistas perderam e continuaram se queixando. Dr. Getúlio sorriu e deu-lhes Armando de Sales Oliveira que não demorou em atrapalhar dr. Getúlio, até o lugar dele quis, imaginem só, depois de d. Pedro, Deodoro, Floriano, Epitácio e dr. Getúlio, o Armando de Sales Oliveira, era só o que faltava. Mas os paulistas não desconfiam de nada e são maus, o *Estado de S. Paulo* continuou azucrinando dr. Getúlio até matá-lo. Há coisas de que se fala pouco na cidade, mas o tempo felizmente curto da amizade entre dr. Getúlio e os paulistas foi ruim em São Paulo e pior na Capital Federal. Estou sabendo muito com as visitas que faço por causa do *Cemitério*. Os outros livros adiantam pouco, têm nomes como placas de ruas e estátuas imóveis e caladas como as das praças, sem falar de relatórios que a mim não enganam. Só visito pessoas de confiança como o irmão mais velho do Galdino que esteve muito tempo nos lugares, viu, e conversou e me conta tudo zangado, um dia até chorou, ria, porém, às vezes. Em 1935 dr. Luís Carlos Prestes, o nobre e imortal capitão, voltou ao Brasil, novas cadeias foram preparadas e elas se encheram. A da rua do Paraíso se chamou Paraíso e a outra, na Mooca, Maria Zélia. É ver como as coisas são. Jorge Street quando nasceu já era rua em inglês, cresceu, construiu, casou, chamou a filha e a fábrica de Maria Zélia, morreu e o Presídio Maria Zélia ficou dando de fundos para a rua Jorge Street. Não tenho nada contra as placas das ruas sem as quais como entregaria os pacotes, mas elas são como as outras leituras, é preciso, antes, saber. E sem o mal-entendimento de uma coisa virando outra e dando nome às placas o mundo não caminharia, foi sempre assim, e às vezes dá certo. O general Baden Powell, modelado pelo remo e pela ducha escocesa, fez misérias na África do Sul por conta da rainha Vitória e contra os piores de depois. Voltando, se arrependeu e criou o escotismo. No Brasil um dos largadões de antigamente gostou, ele se chamava Mário Cardim, o nome da rua de Vila Clementino onde morava o vampiro, reparem como tudo cruza. Rapidamente São Paulo e Rio encheram-se de meninos com caçarolas, gravetos e canivetes e um deles cresceu, casou e teve um filho que chamou Baden Powell, que escreveu linda música e cujo nome será placa no Rio, o do começo já o é provavelmente em Edimburgo e se eu vivesse ainda muito e viajasse leria as duas placas e saberia, porque já sei. Nesse vai e vem que se cruza a gente vai lembrando o que sabe aqui e acolá e fica culto. Quem não tem placa e não terá, agora é tarde, são os que cuidavam de prender e prendiam por conta do Armando de Sales Oliveira, o delegado Egas Botelho da Social, pantera paternal de fala mansa, e o delegado Tavares da Cunha da Política, enxúndia luxuriosa, ambos chefiados por Márcio Munhoz que buscava pessoalmente perus na feira livre, apalpando o papo antes de comprar.[5] Quem mandava bater e quando não estava cansado batia, era Luís Apolônio, roedor esverdinhado, mais tarde professor na boca da Cidade Universitária Armando de Sales Oliveira.

---

5. Anotação marginal: "Leite de Barros". [N.O.]

Gaudêncio, que é o nome do irmão de Galdino, contou que ele era mocinho mas que havia velho no Paraíso, sempre há, precisa. Everardo Dias, papagaião careca, Edgar Leuenroth, periquito loquaz, Felipe, cara cansada de revolução que tarda, mas não faz mal, grandes homens pelas grandes causas que não conseguiram levar a cabo. Eles falavam de acontecimentos que antigamente eram muito antigos, o cortejo de 1905 para mandar dinheiro aos inimigos do Czar, tudo gente muito boa, como os grevistas de 1917. De tardinha, depois de comer e antes de dormir, os velhos paravam de conversar e vinham para junto dos outros para cantar, "camponês... operário... soldado... mari...nheiro... nós somos irmãos... caminhemos assim lado a lado... apertando a cantar nossas mãos... esse canto é preciso que brade... que não cesse o clamor desta voz... no Brasil há de haver igualdade... conquistada na rua por nós. Aliança, alian...ça contra vinte ou contra mil, mostremos nossa pujan...ça, libertemos o Brasil!". O diretor do presídio, Plínio Moraes, fazendeiro arruinado do Partido Democrático de Campinas, democrático imagine só, ouvia nervoso o canto, só depois ia espairecer no sobradinho cinzento com soldado à porta. Ficava em seu lugar Agrião Monturo, que se chamava ao chegar lá Adrião Monteiro, cabo eleitoral do Partido Democrático, vindo também de Campinas. Ou então Renato Junqueira, bêbado. Todos paulistas armandados. Eram numerosos no Paraíso os que se encontram no *Cemitério* e agora vão te povoando a ti, tendo chegado a hora, meu caderno, do general Miguel Costa e de seu irmão Daniel. Os paulistas não gostavam do general Miguel, amigo dos doutores Getúlio Vargas e Luís Carlos Prestes. Pretendiam que tinha nascido na Argentina, temor antecipado e premonitório de um tempo em que lá apareceu um pouquinho. Os paulistas se inclinavam diante dele, depois xingavam e reinclinavam, queriam ele para 32 e o general disse tudo menos isso e os paulistas não o perdoaram nunca mais. Mas ele perdoava, era tão bom quanto dr. Getúlio, um e outro desconheciam o dragão paulista. E foi assim que São Paulo perdeu o general no esquecimento e no *Cemitério* se encontra desvanecido, mas em você, caderno, ele ficará na doçura de seus olhos claros e luminosos que amaram, mas não armaram o povo. Para esclarecer melhor fui vê-lo, mas não estava, tinha morrido. Vi, porém, o irmão Daniel que às vezes parecia convencido de ser o próprio general Miguel, dizendo coisas de si e do outro morto. Me olhou sem simpatia, como quase toda gente faz e foi logo dizendo "deixa ver sua escrita que ela é quem diz o que a pessoa é. Minha finada e eu empregávamos os serões estudando a letra dos conhecidos. Escrevemos para todos as nossas conclusões porque é bom que as pessoas se conheçam e quando o resultado era favorável assinávamos a carta, ~~com muita afeição~~, senão não, que o mundo é cheio de incompreensão. O senhor não parece mas é bom, pode falar que eu também falo". Aparentemente alguém lhe dissera alguma coisa do *Cemitério*, mas não lia mais, só Kardec. "Mas do Paraíso lhe conto, tinha sim esses que você falou e mais o Caio, o Melo Matos, o Angerami, o Agostini, Reginaldo, Oliva, Zé Silveira, Artur Heládio Neves, dr. Osório, dr. Pucca, e o dr. Danton Vampré, o Paulo Emílio e o poeta Hilário. Soube que o Reginaldo e o Paulo faziam teatrinho à-toa e tive a má idéia de ir ver. Reginaldo de cócoras em cima da mesa com um pedaço de pão na boca. O Paulo chegava andando de quatro no chão, o olhar extasiado na direção do mocho e o Reginaldo de olho desconfiado na raposa que começa a falar. 'Oh, plumagem maravilhosa que não há mais bela no bosque', o mocho escutando, 'teus pés perfumam o galho do ipê que tocam', o mocho escutando, 'e tua voz divina faz calar o mais belo trinar dos passarinhos, canta mocho', e o mocho escutando, 'canta para meu enleio e de toda floresta, canta para tua glória'. Aí o mocho move lentamente a asa, tira o pão da boca com a mão, olha bem para a raposa e o Reginaldo grita para o Paulo: 'Fooooooooooooooooooda-se'. A raposa cabisbaixa vai embora." Quem estava ali naquele momento não era eu mas o general, fechei a cara e parti. O coronel Daniel Costa, aposentado da Força Pública, ria tanto que a empregada trouxe um copo de água com uma colher de açúcar, antes de servir o café. Ele permaneceu convulsionado e pensativo o resto do tempo mas quando me despedia acrescentou que um dia a moçada do Paraíso fez um buraco e foi embora. Os do Maria Zélia também ensaiaram mas Augusto Pinto e Varlota foram rasgados por metralhadora, da cabeça ao coração.

Em meados de 1935, no tempo da amizade falsa dos paulistas pelo dr. Getúlio, um homem e duas senhoras tomaram o noturno na estação do Brás e no Rio desceram no Hotel Glória. Está tudo no *Cemitério*, um velho magro veio falar a respeito com o Silveira, trouxe papéis, tenho certeza de que se houver mesmo processo, isso entra. O homem chamava Adalberto Neto e viajara com a esposa e uma amiga do casal. De noite Vicente Rao, que os paulistas tinham mandado para servir de ministro do dr. Getúlio, veio jantar no hotel e conversa vai conversa vem com vinho ele contou. Para entender é preciso saber que dr. Luís Carlos Prestes já voltara, mas que seu amigo dr. Getúlio não sabia e nem podia saber porque naquela altura dr. Getúlio estava cercado de paulistas por todos os lados. Mas o povo sentia que dr. Luís Carlos Prestes estava lá e de contente até greve fazia. E foi aí que Vicente Rao contou. "Não adianta só prender porque soltam e eles têm tempo para ir fazer a greve. Eu mando prender e malhar, mas malhar muito, de maneira que eles vão soltos para a cama e até sarar não houve greve ou então a greve acabou." Quem ouviu tudo bem foi d. Gilda, a amiga do casal, mãe de dois filhos e mãe não mente, eu nunca faria a minha mentir depois de morta. Acho que foi daí que ela, enfermeira voluntária de 32, deixou de ser paulista e começou a ficar amiga do dr. Luís Carlos Prestes que acabou perdendo a paciência e quis salvar dr. Getúlio dos paulistas, mas não conseguiu e Vicente Rao e Armando de Sales encheram de gente a não poder mais o Paraíso e o Maria Zélia, sem falar da Capital Federal. A vida para ser vivida e contada carece de muito esquecimento. Entre os milhares do Maria Zélia foi um bem pequeno que contou o acontecido com o Partido Comunista. "Eu sou o PC", que ele dizia, e ia andando contente pelas ruas da cidade: "quando no Viaduto do Chá cruzo com um homem que me olha e eu, já sabe, vi tudo enquanto ele vinha eu ia", e o pequeno que contava a história puxava com o dedo um olho de olho vivo "e quando cheguei na esquina da rua Líbero Badaró como quem não vê nada, olhei e vi o homem que me seguia dobrando atrás de mim na direção da avenida São João e eu ó, olho vivo, só manjando e percebendo que o homem apressa o passo e chega perto de mim pensando que não percebo e pega no meu braço, me leva para o Hotel São Bento no Martinelli e eu caçoando por dentro do coitado, logo comigo palhaço", e o pequeno puxava agora um olho com cada dedo fazendo dois olhos vivos, "tó que eu dizia para mim, para ele, dentro do elevador, entrei no quarto atrás dele que não sou besta, ele tirou minha calça e me pôs na cama de bunda pra cima e eu ó só de esguelha vendo ele tirar a calça também. Aí o homem subiu na cama e me enrabou". Eu desconheço política mas esse Partido Comunista não conhecia paulista, era igual dr. Getúlio, general Miguel e dr. Luís Carlos Prestes. Tudo gente boa, os comunistas passeando e proseando pelo corredor interno do Presídio Maria Zélia, aliás nem todos eram, o turco que só falava italiano saía da privada e acusava todos "comunisti di merda cagano e no puxano", aquela risada de não acabar e depois cantavam porque Soler partia "vai, vai meu bem cumprir a tua sina, o teu destino será teu juiz, muito embora eu fique chorando, peço a Deus que te faça feliz" e Soler abanava a cabeça e levantava o braço do adeus rindo e chorando também. Em Santos puseram ele no navio e em Vigo de Espanha Franco o fuzilou. Foi Vicente Rao quem mandou, e dr. Getúlio, ocupado com uma coisa e outra, de tudo foi perdoado porque amou o povo do qual pretendera ser escravo e que não deveria ser mais escravo de ninguém. Mais tarde, desfeitas as intrigas, os doutores Getúlio e Luís Carlos Prestes fizeram a paz. Os paulistas reunidos de todo Brasil reagiram, mataram dr. Getúlio e fizeram tais que dr. Luís Carlos Prestes foi de novo embora e ninguém hoje sabe mais o que faz em Moscou o bom velhinho, vovô índio daqui.

"Se você quer filosofar, levante-se acusado, e me diga o que é o povo." E eu direi, dr. Meritíssimo, o povo é gente boa. "E você conhece o povo", perguntará Vossa Excelência e eu responderei, o povo é muito dr. Meritíssimo, ninguém pode conhecer. "Explique-se melhor, acusado" e eu explicarei, dr. Meritíssimo, o povo existe quando a gente fica distraído ou contrariado. "Explicação desentendida, acusado, prossiga." Dr. Meritíssimo, quando eu tomo ônibus o meu pé inchado é pisado, quando eu ando ele incha mais, Silveira não deixa mais eu passar a pomada no escritório, diz que é nojento, se o dr. Meritíssimo não entender alguém entenderá. Longe de mim ser infeliz, devo ser e quem me olha acha, mas não me sobra tempo para nada fora do pé, Claudina e Rosália. Tem o dia [em] que o pé melhora ou eu me esqueço dele, isso era aos domingos e conversava com Claudina e Rosália. A casa é de minha mulher, eu é que pago tudo mas não fica nos papéis, e Rosália só fala comigo quando Claudina conversa, eu sei que não é minha filha mas isso o papel não diz, só você caderno meu. Não estou me queixando, dr. Meritíssimo, nem acusando ninguém de ter escrito o *Cemitério*, se for preciso direi fui eu, mas agora quero que entendam o que aconteceu. Tendo escrito ou não o *Cemitério*, não quero, não ouso e não pretendo influir no pensamento do dr. Meritíssimo, eis, porém, um livro que dificultou meus dias, a imaginação me tocando do escritório do Silveira e levando meu pé inchado para mostrar sem sapatos ou nu na primeira missa das Igrejas em troca de esmolas. Dinheiro que levarei para Claudina, porque a casa é dela, já disse. Esmola é pouca, já sabiam os mendigos do Passeio Público e muito antes deles todos os que não foram recordados, isso na idéia de alguma coisa poder ser de fato esquecida para sempre, o que recuso enquanto é tempo, porque se num dos melhores dias de encomendação e enterro eu só levar para casa 60 centavos, Claudina e Rosália me tocam como fez o Silveira, essas coisas só podem ser faladas antes de acontecer, e num caso desses o povo não existe, nem Deus, o senhor também desaparece, dr. Meritíssimo, e fica só meu pé. E eu.

Então é que não terei mesmo tempo para mais nada. Sentei e houve um minuto de silêncio. O juiz envolveu-se na sua majestade, pediu que me levantasse e perguntou com voz mansa minha identidade e qualificações, ao mesmo tempo que me autorizava a ficar sentado. Sou baiano de Feira, sim senhor, e agora preciso mais do que nunca ser, mas por ora não posso dizer mais nada. Carrego pacotes e vou a muitos lugares donde volto sempre para a editora, onde sou leitor, copidesque e escritor se todos acharem que assim fica tudo direito. Silveira me dá algum dinheiro e vou para a casa de minha esposa legítima com moça crescida que quase poderia ter sido minha filha. "Você me diga", diz ele, com uma familiaridade sem ameaça, "me responda se já viu o povo", e eu percebo que ele quer saber, que vou ter tempo para explicar e começo a falar. Umas duas vezes por ano, às vezes menos, recebo uma leve brisa no quintal cimentado da casa de minha mulher. Claudina e Rosália lavam roupa, inclusive a minha, ou na cozinha ao lado preparam uma sopa de que gosto. Elas cantam música do rádio mas sem estardalhaço e eu olho para o cimento e para a roupa estendida no varal. Nessas ocasiões eu tive uma vez a impressão de ter visto o povo, mas não tinha certeza porque a distração foi interrompida na hora mesma em que ele ia falar. Foi com o *Cemitério* que tudo mudou. As cortinas de púrpura do tribunal abafavam qualquer ruído exterior e todos olhavam para o juiz esperando suas ordens. Ele não se apressou para inspirar confiança não só a mim mas igualmente à parte contrária e deu a palavra a Vicente Rao. Ele falou lentamente mas com segurança como homem acostumado com aquelas considerações. "Depois que tudo aconteceu, os amigos se aproximavam de mim na praça do Café ou na rua 15 e diziam 'é malhar e malhar até pelo menos arrebentar o fígado', não é assim, Rao? Eu me zangava, naturalmente, e eles, desapontados, explicavam que estavam brincando, quem é que acredita que eu seria capaz de uma coisa dessas, se eu mesmo não acredito quanto mais os amigos que não conhecem a vida e o mundo como eu? Na rua não sabem que Berger era aproximado para ver os peitos da esposa serem torcidos a meio metro dele, as ruas de São Paulo, a Direita, a rua de São Bento eram alegremente percorridas por descendentes de italianos como eu, mas, depois de tudo o que aconteceu, caras espanholas paravam com a intenção de me perguntar sobre Soler, mas se arrependiam em tempo. A perseguição só cessou quando envelheci. No Café Napolitano em Paris perguntaram para Armando, na presença de Júlio de Mesquita Filho, se ele sabia, respondeu que soube depois. É muito difícil saber. Eu não sei se sei e vivi. Nunca mais vi Filinto que foi quem teve a idéia da eletricidade, nem Hugo Auler ou Himalaia Virgulino", mas nessa altura interrompi para dizer bem alto, como exige a circunstância, que esse último não está no *Cemitério*, ou não me lembro, o que é difícil, mas se o tratado é Virgulino Lampião então é preciso deixar bem claro que quem coloca toco de vela acesa no ânus de baiano não pode ser gente boa. Ficou acertado que nessa fase preliminar do processo nada mais havia a tratar, se as partes se compreendessem estaria concluído, senão prosseguiria na oportunidade e de acordo com o procedimento de cada.

Não poderá ser tão fácil meu primeiro encontro com o juiz e, mesmo que assim seja, depois se complicará, está certo. Ainda apareceu pouca gente e o advogado precisa entender para depois explicar e você, meu caderno, a quem vou dizendo o que posso, e acima de tudo tem o povo, Deus e o *Cemitério* que não me abandonará mais. Em 1936 foi levada no Teatro Popular Maria Zélia a peça *Destinos*, escrita e representada pelo Paulo e pelo Reginaldo e mais um barbudo que era o traficante de cocaína. A história de dois irmãos, um mau, outro bom, o primeiro acaba podre de vícios e o segundo cantando "camponês operário soldado marinheiro nós somos irmãos". Mundo em que camponês operário soldado marinheiro se entendam não carece de irmão mau ou bom nem da sobra que é muita, foi assim que entenderam. O Teatro Popular Maria Zélia foi instalado no espaço grande ao meio do corredor interno do Presídio de vastas janelas de fábrica, engradadas. Foi de fora para dentro que durante quarenta minutos ou mais, ninguém pensou em cronometrar, lançaram centenas, também ninguém podia contar uma a uma, de bombas lacrimogêneas. Os mil ou mais camponês operário soldado marinheiro advogado bancário médico estudante funcionário comerciante dentista prático e diplomado farmacêutico príncipe mago nudista vegetariano, os esquisitos de Guararema tinham sido recolhidos também, havia quase tudo, só não havia mulher, e ninguém mais sorvia o ar da grade donde só vinha bomba e se contentavam com o gás, neblina paulista que descia, sufocava e cegava com choro que não era choro. Na hora em que quem não estava derrubado na cama ou no chão apertava o pescoço correndo desvairado pelo corredor, os polícias especiais mascarados quebram com porretes e cassetetes o Teatro Popular Maria Zélia e tudo que encontram pela frente, também gente. Contado assim parece o inferno, mas espere a continuação. Do lado de fora os especiais, porretes quebrados e cassetetes sujos de gente, abriram alas para os escolhidos, na frente dos quais Marcelino Serrano erguendo a cabeça de tal jeito que quando chegou do outro lado a barba vermelha pingava a cor. Dor de todo mundo junto durante pouco tempo e mais susto, apesar do longo eco gemido. Brincadeira de mau gosto para humilhar ainda não era inferno, a notícia veio depois. Sebastião Francisco chegou ao Paraíso vindo de lá depois de quarenta e cinco dias, meio mês para apanhar e um inteiro para melhorar. Chegou e foi para a cama, cuidado pelo Vitto num quartinho menor, desguarnecido de janela, passou semana antes que Paulo pudesse ver o secretário regional cuja lenda nascia mas não vingou. São Sebastião macerado, roxo e pudoroso escondendo no tecido leve o corpo gordo cicatrizando. Professor Apolônio, eu disse num desses domingos em que visito e pergunto, de maneira que Sebastião Francisco é um nome que não lhe diz nada. "O que quer que eu diga", respondeu, "o senhor não imagina o número deles que conheci. Uma coisa porém eu confirmo aqui, naquele tempo não havia eletricidade, máquina e aparelho, só cano de borracha. A exceção era o Dorival, que trabalhava com chicote de couro e fazia a ponta estalar por baixo do culhão ou no olho. Fui sempre um moderado, essa foi sempre a opinião de meus superiores, colegas, parentes e a minha. Nunca levei nada às últimas conseqüências, esse *Cemitério* sabe pouco de minha vida, quando a pedido eu mandava parar de bater e lhes dava um caneco d'água diziam muito obrigado e eu 'não tem de quê'". O tempo fez bem para Luís Apolônio, a dentadura dupla melhorou-lhe o hálito agora com perfume de remédio, a pele esticou com a gordura da semi-aposentadoria, continua a fazer trabalhinho avulso para particulares, apenas as olheiras permaneceram verdolengas. "Minhas netas estão casando, levo vida saudável, vim de muito baixo, não me envergonho disso e foi com [o] suor de meu corpo franzino que me tornei um modesto paulista, professor ali perto da USP. Um dia, meus chefes Armando de Sales Oliveira, Márcio Munhoz, Egas Botelho e Tavares da Cunha foram embora e houve momentos desagradáveis em que me senti abandonado. Fui salvo por mim mesmo, pela minha moderação sempre a mesma no passado e no presente. Quando descobri que o chicote de couro de Dorival tinha plaquinha de aço na ponta, e que ele era sádico, fui eu e ninguém mais que solicitou sua transferência para o trabalho na carceragem, muitos meses antes de ser levado para o Juqueri. Que eu saiba foi o único que ficou até o fim meu inimigo, mas era louco, até que morreu amarrado numa camisa de força de fabricação especial, importada. Que repouse na sua vala, Dorival gostava de estalos e não compete a mim julgá-lo. O que importa é que meus filhos saibam que não tenho nada a ver com o que acontece hoje em dia. No meu tempo em São Paulo ninguém tarefava com água e eletricidade. Fogo sim, pois todos os rapazes fumavam cigarros *Yolanda*. Charuto no bico do peito da senhora Berger na frente do esposo, nunca aconteceu aqui naquele tempo. Pessoalmente não fumo desde os dezoito anos de idade, promessa à mama nunca transviada." Neste caderno brasileiro todas as mães são sagradas, a de Luís Apolônio não faz exceção e deve ter morrido inquieta com a carreira do filho, mães frágeis de Caveirinha e Promessinha, vocês sabem. Os olhos de Luís Apolônio são menos atentos do que antigamente, se bem que mais abertos. "Hoje uso óculos para preparar minhas aulas e para ler, leio os livros para ver se se lembram de mim, mas é muito raro, meus filhos acham que é melhor assim. Para a carreira li muito livro mas não adiantou. Percorri cada página da *História do Partido Comunista da União Soviética* mas a única coisa de que me lembro é que foi editada em Barcelona. Minha leitura espanhola nunca foi fluente mas minha memória foi sempre boa para a tarefa do momento, mas o novo expulsa o antigo, é a lei da vida. Quando foi do inquérito o advogado da Ordem Social perguntou se não me lembrava de algum extremista conhecido em quem não tivesse batido e que pudesse ser encontrado a fim de prestar um depoimento verdadeiro estritamente delimitado à pessoa. Só me lembrei do Paulo e fui procurá-lo, mas estava morando em Paris. Depois pensei que de qualquer jeito não adiantaria e até achei graça. Em dezembro de 1935 o pai de Paulo, o dr. Sales, que cuidava de morféticos, foi procurar meu chefe Egas Botelho, que o pessoal do Paraíso e do Maria Zélia só chamava de Éguas, bem longe do lombo dele é claro, e nem recordo a data porque fora promovido a intermediário entre Éguas, Tavares e os outros, quem fazia tudo na realidade era eu. Dr. Sales, muito educado, disse 'eu sei que meu filho está aí e não vim pedir nada, ele é menor pela Constituição e a Justiça decidirá, minha conversa confidencial é para dizer que se tocarem nele eu lhe mato'." Pela primeira vez Luís Apolônio fechou um pouco os olhos para sorrir aberto, para informar que o Éguas então já era cagão como o futuro demonstrará. Ao me despedir, observei no terraço algumas gaiolas dependuradas e o professor aposentado me mostrou seus passarinhos. Encostado na parede um rijo cano de borracha. "Uso agora para os gatos que se aproximam, quando acerto ainda mato, já foram uns doze." Me afastei da casinha cuidada dos Apolônio no Butantã e no meu caminhar trôpego de velho gato amedrontado voltei para casa pensando que a conversa poderia ter continuado indefinidamente, qualquer vidinha é um mundo, com fronteira mais para Deus ou para o Diabo, a vida é assim. É mister tempo mas a vida pode passar para os livros, desde que todos colaborem e nada impeça que a ficção se transmita redistribuída. Precisava ver Paulo, se voltou de Paris. Deveria ter feito isso há quarenta anos quando parti de Salvador para São Paulo, sou de Feira mas estudei na capital. No último ano mamãe me disse "não posso mais, é melhor que se vá, meu bom filho", nem o ano terminei. Escrevi verso e imaginação que o literato Hermano Santana, professor de português, mostrava para o poeta Deraldo Dias, os dois altos e de branco, um seco, o outro molhado de gordo, todos, eles dois e os amigos, depois placas de ruas ou colégios em Salvador. Chegaram a publicar trabalho meu n'*A Luva*, na mesa do *Dolly's* servida por Doya na praça Castro Alves me elogiavam uns aos outros e me falavam de Paulo, o mesmo que tinha estado lá em julho de 1933, conhecera Conceição da Praia, de madrugada levava Doya de marinete mas não ficava com ela até de manhã por causa das tias-avós centenárias que o esperavam no sobrado da Carlos Gomes. Voltou para São Paulo levando a coleção completa de *A Luva*, livros dos poetas com dedicatória, sagüis e um Nosso Senhor na cruz, de marfim. Tudo isso é da vida e poderia ter virado livro. Doya sofria de dor de dente que só o amor acalmava. A primeira viagem de Paulo, ida no *Itaimbé* e volta no *Itaquicé*, hoje eu sei tudo isso porque encontrei Paulo, antes tarde do que nunca, aliás foi tarde. Se fosse em 1934 vai ver conhecia Paraíso e Maria Zélia, teatro com Reginaldo e estaria no *Cemitério* em vez de dizerem que o escrevi, Silveira e o *Vampiro de Vila Clementino* se dissipam no meu cansaço alerta, mas Claudina e Rosália são as mesmas, e o pé. As possibilidades, porém, aumentam muito, meu caderno. Tem você, tenho eu, o *Cemitério* e agora Paulo. Juntos e mais aqueles que também pensam, agem ou escrevem, será menos penosa a procura de São Paulo e do povo, todos dizendo cada um, uns retomando quando os outros cansam, como fizemos o buraco de dez metros no Paraíso e fomos embora na quarta-feira de Cinzas de 1937. Seja bem-vindo, Paulo, este caderno é seu, considere-se na sua vida.

"Eu não sou de Feira nem da Bahia, nasci na Frei Caneca mesmo mas tenho avô baiano e pernambucano e as avós vieram de Pelotas, RS, ou dos subúrbios de Manchester, paulista não há. Calça comprida recente, soldado voluntário da Cavalaria Civil da Força Pública em 32, nas madrugadas acertando lâmpadas da iluminação pública e às tardes fardado na rua Direita ansioso por cruzar oficiais a fim de lhes bater continência, disciplina e respeito podem ser gozo. Enterros de Fernão Sales ou comandante Salgado, festança compungida congestionando o tráfego ameno da cidade. Fardado e armado pude finalmente transpor os umbrais da pensão da rua Formosa e cercado de respeito demorar na escolha não feita. Seria meses depois, Pola do Palácio de Cristal da 24 de maio, já falando de Rússia, ela tinha estado lá dando adeus à família antes de deixar a Europa pela vida na América, financiada talvez pela Zwi Migdal. De espada, revólver e mosquetão patrulhava as noites da cidade, o largo poncho de inverno escondendo as mãos firmes no Santo Antônio, recolhendo alguma bandeira vermelha nos bairros operários e mandando parar os raros automóveis noturnos. Um único não parou, primeiro e último medo de 32. Por uma vez não foram as lâmpadas o alvo, mas o carro voltou de marcha a ré e saiu de dentro um oficial do exército com revólver na mão me chamando de filho-da-puta. Partiu ainda muito zangado e, como o hotel não providenciara a reserva pedida, matou o porteiro com um tiro certeiro no coração. Os jornais deram e os livros falam disso até hoje. No quartel do prado da Mooca José Armando Macedo Soares Afonseca já picaretava, mas quando sediado na Hípica eu dormia às vezes na casa dos tios da rua João Florêncio e da pajem alemã do priminho, os primeiros beijos de bocas abertas, salivas eróticas de plurais, que dei e recebi. Quando em setembro os paulistas perderam, chorei meu primeiro choro impessoal, mas então já descolava a tênue película e ao completar 16 anos e receber de papai o pacote que autorizava a leitura de todo Eça, a vontade de divergir dos colegas do Liceu Nacional Rio Branco da rua [Dr.] Vilanova. Encontrava bons trilhos em conversas sobre comunismo com Décio de Almeida Prado, que soube da novidade antes de mim, lia Raul de Leoni e ao Eça preferia Machado de Assis. Antes dos 17 anos o Salvador das tias-avós escuras e mumificadas e de Doya, a primeira moça que me quis sem dinheiro, e antes dos 18 a Juventude Comunista recrutado por Décio Pinto de Oliveira, morto na praça da Sé, num domingo à tarde em outubro de 1934, de revólver na mão dando batalha à polícia de Apolônio e aos integralistas. Tudo que o *Cemitério* diz sobre a tarde funesta e luminosa comprime o que soube e imaginei, pois pouco vi, a mão no bolso do revólver trêmula do medo simples de morrer ou matar, só a maturidade me faria conhecer o pavor de aleijar. Os nervos se acomodaram na imperiosa e falsa vontade de mijar nos mictórios coalhados de camisas-verdes. É fora e longe de mim que se esboça a epopéia sonhada. Para o tropel da imaginação não atropelar os fastos a assinalar, acudi a pontos, vírgulas e dois pontos. Os veteranos da Clarck de 1905 acompanhando os grisalhos jovens de 17; o leão Ristori, Garibaldi raso de Turim, São Paulo e Montevidéu, bufando a energia revolucionária irrompida em 98 com sobra para a Espanha em 38; Mário Pedrosa saltando com a perna não baleada para recuperar a arma extraviada na sarjeta, o cuidadoso Vitto se expondo continuamente para impedir sem resultado que Sebastião Francisco se expusesse, o coronel Cabanas comandando da praça os homens postados nas janelas do Palacete Santa Helena, patético e derradeiro esforço para ser contemplado em sua evanescente imagem; tipógrafos e ferroviários, aristocracia e transporte da Revolução; camponês espanhol de Marília, operário italianado da Mooca, soldado nortista de Taubaté, marinheiro carioca do *Minas Gerais*, nós somos irmãos; anarquistas, comunistas, socialistas, trotskistas, miguelistas, legionários do 5 de julho, caminhemos assim lado a lado para suscitar o espanto da Aliança Nacional Libertadora.

Jovens gagos, mocinhas vesgas, belos judeus, mais Arnaldo Pedroso d'Horta, Artur Heládio Neves e Décio Pinto de Oliveira, a Jota, a Juventude Comunista, avançou na praça, vinda da rua Direita, e foi da rua 15, por trás, que Apolônio e seus homens, comandados por um delegado de passagem na Ordem Política e Social que nunca é Éguas Botelho ou Tavares da Cunha, acertaram nas costas do Décio Pinto de Oliveira. Admitido que bater em extremista indefeso não é covardia, Apolônio não era covarde e combateu naquele dia, o que talvez lhe seja computado no do Juízo Final. Quarenta e dois anos depois só vislumbro na praça o antifascismo finalmente armado, mal e mal, é verdade, e a Polícia. A motivação de tudo, os integralistas, perde o foco, se dissipa e quando se aperta a memória só reaparecem as imagens laterais das privadas atapetadas de camisas-verdes e a presença, na rua José Bonifácio, de numerosos mocinhos assustados tanto quanto eu e cujas camisetas de malha de algodão os singularizava, pois não era usual na burguesia a exposição em público dessa peça masculina tão íntima quanto a ceroula. Não me agrada que aquela tarde ensolarada de outono reserve para os integralistas apenas ridículo, compartilhado, aliás, por mim. O que é suculento na retirada dos dez mil de Oswald torna-se insuficiente ao entardecer da vida. Mas não sei o que pensar e sobretudo o que fazer com os dez mil integralistas que tiveram a intenção de se reunir na praça da Sé para ouvir o discurso que Plínio Salgado, mais tarde, foi constrangido a declamar requentado no interior das cercas policiadas do Esporte Clube Germânia, onde aprendi a nadar nos cochos do rio Pinheiros. Plínio Salgado, Gustavo Barroso ou Madeira de Freitas não chegaram a pisar na praça, posso pensar a presença lá de Reale ou Salem, mas Buzaid prefiro vê-lo de camiseta, raspando as fachadas da José Bonifácio. De resto, as carreiras, a velhice ou a morte dessas personagens impede que sua mocidade constitua matéria-prima adequada à minha ficção e não sendo meu propósito indignar a juventude integralista de 1934, preferindo dignificá-la, conto a história dos Salvatori da rua Carneiro Leão. Os desesperos do velho anarquista Ernesto Salvatori eram vários e todos domésticos, o filho Spártaco, espírita, a velha e a nora, cinemeiras, e integralista o neto Valdívio, que carregava nos ombros estreitos e curvados de primeiro aluno da faculdade o afeto italiano de uma família. Ernesto seguira cedo para rondar a praça da Sé, levando escondida no sobretudo a espingarda fina com a qual na mocidade caçara codornas na Mooca. Valdívio aquela noite não dormira em casa e Spártaco, dilacerado de inquietação, resolveu, depois de tentar inutilmente dissuadir o velho, acompanhá-lo à cidade. Valdívio, depois de participar da vigília daquela noite na Ação Integralista Brasileira, tivera o desprazer de ser designado, em razão de sua fragilidade, para dar plantão na sede durante todo o desenrolar do comício. No começo da tarde telefonou para casa mas ninguém respondeu, as mulheres, depois de terem rezado na Igreja e em casa durante toda a manhã, tinham ido procurar bálsamo para os nervos na matinê dupla do *Braz-Polytheama*. Quando os primeiros integralistas entraram na praça, Ernesto e Spártaco se encostaram num andaime da Catedral e ali permaneceram durante todo o conflito. O velho retirou várias vezes a espingardinha do sobretudo e chegou a apontá-la algumas, sempre embaraçado pelo filho puxando-o pelo braço com súplicas *lascia fare, andiamo via, Babbo*,[6] afinal não deu um tiro, temeroso de acertar o neto que vai ver estava por aí. Ernesto se aproximou em seguida de uma ambulância postada na praça já semideserta, para ver se por acaso o menino não se encontrava entre os camisas-verdes feridos. Entrou logo em disputa com um enfermeiro que o empurrara com maus modos para impedir que examinasse o interior da ambulância, Spártaco quis intervir, foi preso pelos homens de Apolônio, extremamente nervosos àquela hora, e muito espancado pois segurava no momento o sobretudo do pai. A mãe e a mulher se penitenciaram até o fim de seus dias por terem rezado

---

6. Deixa pra lá, vamos embora, papai. [N.O.]

apenas por Ernesto e Valdívio, se esquecendo de Spártaco. Cuidado por Valdívio, o velho Ernesto percorria as sessões espíritas do Brás perguntando *Dov'è quello coglione, quello poveraccio*?[7] Valdívio formado, tratou e enterrou a família, não casou e foi, até ser constrangido à aposentadoria pela agravação do tremor das mãos que começara ao chegar em casa naquele longínquo domingo, um daqueles médicos-santos que os bairros de São Paulo conheceram. Nunca mais militou, desprezou Mussolini e odiou Hitler, desconfiou de Plínio Salgado mas permaneceu-lhe fiel. Votou nele sempre que houve eleição e compareceu ao velório, mais mirrado e acabado que o defunto. Não reconheceu e não foi reconhecido por ninguém. O corpo de Décio Pinto de Oliveira foi conduzido na segunda-feira para a Consolação e de início o enterro combinou mal com o morto. Ferida, presa ou foragida a maior parte dos companheiros, dominava o cortejo a congregação da Faculdade de Direito, mancha negra de becas sugerindo reunião ao ar livre da Bucha. Até chegar à beira da cova, a presença plebéia eram sobretudo os tiras de Apolônio. Pouco a pouco, porém, saindo de trás ou de dentro dos monumentos funerários mais ricos dos arredores, numerosos pequenos grupos de operários maduros das Indústrias Reunidas Francisco Matarazzo se aproximaram, até formar uma muralha cerrada envolvendo em semicírculo os policiais. Um deles tentou recuar e transpor a barreira mas foi fisicamente impedido sem qualquer movimento dos braços operários que entrelaçados selavam qualquer fresta virtual ao mesmo tempo que eram recusados num silêncio sem olhos os pedidos murmurados de licença ensaiados timidamente pelo tira. Depois de se concertarem aos cochichos, os investigadores permaneceram paralisados segurando de forma visível os chapéus com as duas mãos, indicação clara de que naquela circunstância não pretendiam enfiar o soco-inglês ou sacar o revólver. Quanto a

---

7. Onde está aquele imbecil, aquele coitado? [N.O.]

Apolônio, submergido na Ordem Política e Social pelas tarefas acumuladas durante as últimas 24 horas, ele chegou ao cemitério com seu guarda-costas pessoal quando a cerimônia ia ao meio. Na impossibilidade de alcançar diretamente sua gente devido à muralha de corpos cuja natureza lhe escapou, Apolônio deu a volta e foi se postar numa laje situada num ponto mais alto, de forma a ser visto de frente pelos policiais, que achou mal colocados e aos quais com gesto e mímica deu instruções. Ninguém obedeceu e Apolônio, surpreso, atentou melhor para aqueles funcionários normalmente ágeis e bem adestrados, todos com as mãos segurando os chapéus na altura do peito ou mesmo do pescoço, movendo a cabeça num ritmo de suspiros, os olhos revirados de forma singular. Treinado para compreender depressa qualquer situação nova que se apresentasse, Apolônio concluiu, surpreso e contrariado, que seus homens estavam rezando. O início dos discursos exigiu o adiamento de qualquer providência mais enérgica. A exposição ao sol alterou um pouco a cor verde de Apolônio enquanto as orelhas acabanadas recebiam as palavras, o olhar exercido, depois de rápida curiosidade na direção das becas, percorreu o aglomerado reconhecendo fisionomias e procurando colher para a memória uma meia dúzia das desconhecidas, selecionadas ao acaso da inspiração. Os discursos de Spencer Vampré e Zoroastro Gouveia imprimiram, por motivos diversos, uma pequena carga de delírio no clima contraído por variada emoção que pairava sobre o enterro. A partir da imagem de uma jovem vida ceifada pela Parca impiedosa, o professor da Faculdade de Direito lançou-se numa larga metáfora de trigais, pradarias, charnecas e brisa que não soube encerrar a tempo, o que o levou, pela mecânica da retórica, a ampliar e complicar cada vez mais, alcançando nuvem e céu, o sol e a lua, e o Universo. A pausa preparatória para resumir e retroceder foi curta, o que provavelmente não deu tempo ao orador para organizar suas idéias. O fluxo imperativo do discurso fê-lo agarrar o que se lhe ofereceu, a associação mais imediata, e como tinha ficado no Universo, passou ao elogio de

Copérnico, Kepler e do grande Flammarion que tinham tornado inteligível para a elite da humanidade o local onde se encontrava. Como porém, aos olhos de Deus e da Natureza, o grande e o pequeno são uma coisa só, o orador sentia-se à vontade para falar de sua experiência como professor. Parecia que finalmente tinha encontrado o caminho de volta para Décio Pinto de Oliveira, mas na realidade, esbarrando agora com o tema da formação da mocidade, Spencer Vampré sublinhou com energia que a tarefa mais urgente e importante para o Brasil era descobrir Portugal. Nessa altura o rumor de comentários surdos era generalizado e o professor, dando com os olhos na fisionomia devastada e distante de Ciro, o irmão do morto, levantou os braços exclamando 'Adeus ó...', mas como o nome não lhe ocorreu, baixou os braços e, visivelmente cansado, calou. A voz profunda de Zoroastro Gouveia fez cessar os murmúrios e encheu o silêncio com sua sonoridade cava. Tinha preparado cuidadosamente o discurso em que o sacrifício de Décio seria inserido na titânica luta mundial contra a opressão capitalista mas não pôde chegar ao fim. Quando falou em anarquia da produção foi bruscamente interrompido por um militante libertário que o proibiu de usar a palavra anarquia em seu conceito vulgar e o acusou de ser deputado, obedecendo assim às normas da burguesia que pretendia combater. Houve um movimento desordenado de falas e gestos, que os policiais aproveitaram para escapar ao cerco e procurar a proximidade de Apolônio e durante o qual os coveiros, instruídos por Ciro Pinto de Oliveira, fecharam a cova e cobriram o entulho com coroas. Os operários da Matarazzo retiraram-se num só bloco. Apresentei um amigo que me acompanhava para Zoroastro Gouveia, que o abraçou dizendo-lhe no ouvido que os inimigos estavam em toda parte e que era preciso que de nosso lado ficássemos todos nos conhecendo pessoalmente. Meu amigo, cheio de respeito e tomado de emoção revolucionária, talvez a primeira e certamente a última de sua vida, murmurou apenas 'É sim senhor'. Apolônio, ostensivamente acompanhado dos seus, postou-se no portão principal do cemitério a fim de passar em revista a retirada e, quando seu olhar cruzou com o meu, soube que minha cara fora incluída na colheita do dia. Hoje eu gosto de pensar que naquele dia jurei que se dependesse de mim Décio Pinto de Oliveira não seria esquecido. Sou pessoal e transferível. 'Mas o senhor está ajudando muito a minha busca e defesa', me afirma o inesperado amigo de Feira de Santana com seu incrível pé, chegado diretamente com 42 anos de intervalo, do *Dolly's* de Salvador onde esteve com Hermaninho, Deraldo e conheceu Doya, tendo-a talvez acompanhado ao quartinho próximo do Plano Inclinado. Nossas relações ainda são por demais impessoais para lhe perguntar, sei apenas que trabalhava para o editor do *Cemitério* e de *O drácula de Vila Clementino*, que também li, e que tem mulher e filha."

Para mim, para o senhor e para o caderno vou procurar dizer tudo, por sinceridade e para ajudar a defesa, mas preciso ir devagar. O senhor vai duvidar de muita coisa e com razão. É claro que conhece Feira muito melhor do que eu, não podia ser diferente, nasci lá realmente mas a verdade é que saí antes de completar um ano e nunca mais voltei, seria absurdo exigir que me lembrasse de alguma coisa. Não posso saber, seu Paulo, se morei na praça Rui Barbosa mas é claro que Feira tem uma, e na falta de praça tem de haver rua ou avenida com o nome do dr. Rui Barbosa, não há cidade da Bahia que não tenha e na hora que não tiver será outra Bahia ou não haverá mais Bahia. Vou lhe dizer uma verdade, não foi meu pai que me ensinou dr. Rui Barbosa, eu aprendi sozinho nos estudos de Salvador. O senhor não diz nada mas parece duvidar também de dr. Rui Barbosa e aí com todo respeito eu lembro que o senhor não esteve na rua São Clemente e eu sim, quando vindo da Bahia para São Paulo desci no Rio e vi as paredes que eram só livros e o antigo copeiro português me contou o conforto com que dr. Rui era cercado pelos carinhos de d. Augusta, quando a artrite lhe fazia mal ao pé, e a espada de general de que fala o *Cemitério*. E tanto eu como o senhor lemos o *Cemitério* e sabemos que quando dr. Rui Barbosa chegou e falando holandês com o porteiro apresentou as credenciais do Brasil ninguém lhe deu importância, mas assim mesmo deixaram entrar. Lá dentro disse bom dia em francês, inglês, alemão e russo, e foi olhado. Acharam-no pequenino dentro do fraque cinzento de cerimônia. Mas a águia mirrada esvoaçou pelos hemiciclos de Haia e os grandes do mundo olharam para cima admirados e a cada volteio a admiração aumentou. Voou muito mais do que Santos-Dumont em Bagatelle, é o *Cemitério* que o diz, e se ninguém se curvou foi porque todas as cabeças, sem exceção, estavam reviradas para o alto. Foi nesse dia que todas as pequenas impotências do mundo começaram a conhecer os seus direitos. Em seguida ele foi ao museu e pelo caminho foi dando esmolas em libras esterlinas, dr. Rui nunca usou dólares, para os pobres de todas as nações que encontrou sentados nos jardins. Lá chegando em companhia do secretário francês, ele lhe explicou um quadro. As pessoas que estavam perto se aproximaram para escutar, Rui Barbosa sabia tudo. Um céu imenso ocupava três quartos da pintura, as nuvens da parte de cima, escuras, ameaçando chuva, as mais embaixo claras, e no meio outras intermediárias com algumas réstias de azul. Na frente, do lado de lá de um rio, uma cidade com a ponte de pedra, as casas maiores na sombra e atrás delas umas menores clareadas pelo sol. No rio algumas embarcações atracadas ou fundeadas e na margem de um amarelo rosado da parte de cá poucas pessoas, sete ao todo, mais mulheres do que homens, cujas fisionomias não dá para enxergar. Rui Barbosa olhou longamente a paisagem sem dizer nada e depois comentou: *On dirait* Jequié.[8] No meio de todas as pompas, ele se lembrou e isso o Brasil também lhe deve além de tudo o mais. As ingratidões e os erros um dia serão esquecidos, mas é preciso ir pondo pouco a pouco cada coisa em seu lugar para poder decidir as placas que ficam e as que se irão. Dr. Rui, como os drs. Getúlio e Luís Carlos Prestes, como

8. Parece Jequié. [N.O.]

d. Pedro e Floriano, procurou o povo e não encontrou, como o senhor, o *Cemitério*, o caderno e eu, procuramos, não encontramos, e nem vamos encontrar. É procurando que o povo vai existindo e quando existir mesmo não haverá precisão de procura. E Santos-Dumont o que é que procurou? Na mocidade alegre, voar, e depois na velhice triste se lembrar, que tenha as suas placas vá lá, mas não precisa exagerar. O que lhe é devido deve ser concedido mas com a parcimônia que lhe é devida. Se tivesse dependido dele, o Brasil não teria um só avião. Nem balão ele trouxe na bagagem, dizendo que aqui não tinha corda forte para amarrar. Dr. Rui Barbosa, ele tudo que fazia no estrangeiro repetia muito melhor aqui. As pessoas de Haia que sabem as línguas sabem também que não houve discurso dele em alemão, francês ou inglês que chegasse perto da *Oração aos moços*. Se as nações reunidas soubessem português e se os portugueses nos entendessem, aí então é que todo o mundo tirava mesmo o chapéu que todo mundo usava, não era como hoje. O que Rui Barbosa tinha de melhor para dar, ele quis dar para nós: o justo seria, se não desse confusão, que em cada cidade dez ruas do centro, as praças mais floridas e as mais largas avenidas, tivessem placas com seu nome. Olhe que para mim seria um sacrifício andar com o meu pé doente carregando os pacotes do Silveira até acertar com o cliente desta ou daquela rua, avenida, praça, todas Rui Barbosa, mas aí valeria a pena, por ele eu faria isso e aliás tudo poderia ser simplificado, colocando nas casas números ora arábicos ora romanos e nas variadas cores do espectro. Os envelopes das cartas se encheriam de avenida Rui Barbosa dois arábico amarelo, praça Rui Barbosa vinte e seis romano vermelho, as ruas mais longas sempre arábicas e azuis por causa dos incultos, e assim iríamos pagando o nosso tributo ao tão pequenino gigante que só não deu mais porque não deixaram. Sempre que procurou o povo, surgiram nas esquinas os que diziam que não podia ser, e não eram uns quaisquer, era o Marechal do Exército Hermes da Fonseca e mandado por ele aqui em São Paulo, Pedro de Toledo, aquele mesmo do *Cemitério* e de 32, só que mais moço, mas já com o colarinho, que só porque um dia deu alguns réis para os mendigos do Passeio Público passou o resto da vida se lembrando deles, Deus sabe por quê, e que tem placas em todas as cidades do Estado de São Paulo, porque no [resto do] Brasil, não. E mesmo aqui em São Paulo, afora os choferes de táxi, os que moram lá e os infelizes como eu que fazem fila no Hospital do Servidor, ninguém sabe da placa dele e muito menos quem foi, pois eu que tenho alguma instrução e moro aqui só fiquei sabendo no *Cemitério*. Procuro sempre a justiça nos assuntos de importância e você sabe, meu caderno, que gostaria de ser sempre justo também nas outras, ou se ainda não sabe e, como o outro, desconfia de mim, pouco a pouco vai ficar sabendo. Não há razão para impaciência, ainda falarei muito de Claudina. Eu não preciso que Paulo, que agora não está aqui e não carece do seu professor ou doutor que já vi os outros chamarem, venha me dizer como Claudina é trabalhadeira, boa pessoa e paciente, ou Rosália séria, bonita e estudiosa. O que é difícil perdoar em Claudina não é que Rosália não seja minha filha mas que tenha contado isso para ela. E meu pé não é culpa de ninguém mas também não é minha. Agora o processo, se vier e é capaz que venha, apesar do Paulo achar que não vem, será culpa do Silveira, rindo ou de cara séria, sempre mau. É meu primeiro inimigo, em geral não gostam de mim, sobretudo depois do pé, mas inimigo eu nunca tive, Claudina e Rosália é diferente, ainda vamos ver, e amigo também não. Tem agora Paulo que promete arranjar advogado de graça se for preciso, mas não será, diz sempre, conversa sobre o *Cemitério* mas não gosta de falar do processo, prefere que eu conte [sobre] Salvador e as pessoas daquele tempo. É a desconfiança dele que continua e se sobre a praça Rui Barbosa de Feira talvez ele tivesse razão, não é o caso de Salvador que eu conheço mas não podia conhecer muito porque ia sempre nos mesmos lugares, a casa, até quando mamãe não quis mais, a escola, o comércio para trabalhar, o *Dolly's* às vezes em que o prof. Hermano me convidava. Será que ele pensa que minto quando digo que conheci Doya e que me lembro dela?

Pergunta qual era a cor dos olhos de Doya e eu respondo que acho que eram marrom-claro, ele discute enérgico, diz que de noite eram verde-escuros e que de manhãzinha esclareciam. Não tenho mais o que dizer e então me calo mas ele insiste falando agora das pernas fortes, eu não sei, não digo nada e ele então também cala olhando longe, como se tivesse procurando outra coisa para me embaraçar, e eu com medo de não saber ou de inventar, que aí então que ele é mesmo capaz de achar que estou mentindo, que não conheci Doya, nem o prof. Hermano, ou o poeta Deraldo, que nunca entrei no *Dolly's*. Mais eu fui lá várias vezes, estou vendo as mesas pequenas e as toalhas amarelas com bordado roxo, a luz fraca, como é que podia atentar para a cor dos olhos de Doya? Eu via ela indo e vindo, servindo cerveja ou coco verde nas mesas, sem preguiça mas sem pressa, conversando com um ou com outro, quando falei assim Paulo finalmente concordou e me olhou contente, "era assim mesmo", ele disse, e eu respirei aliviado.

"Meu baiano de Feira não pode calcular o quanto lhe devo. Há mais de quarenta anos penso em Doya e quando vou à Bahia, ou quando vejo um filme tirado lá, encaro muito a cara das velhas numa absurda procura do que teria restado dos olhos de Doya, que me contemplando iluminaram a aurora de minha década de trinta. Apesar disso, não fosse o baiano do pé repugnante, provavelmente eu nunca reconstituiria a ondulação lenta mas firme dos movimentos de Doya, no bar, no mar, subindo na marinete, preparando no quartinho a cajuada da madrugada, ajoelhada em Conceição da Praia traçando o largo e lento movimento do sinal-da-cruz. Antes dela e mesmo durante alguns anos depois, tudo o que insinuava e preparava o pleno amor, era vago quando próximo e incrivelmente longínquo quando mais consistente, sempre dentro do imaginário, é claro, segundo a norma que rege esses acontecimentos vitais. Acontece que na pretensa intimidade com as putas o imaginário ia longe demais, a ficção permeava qualquer comportamento de fala e gesto, de forma miúda, até o gozo dissipar a ficção em vez de cumprir sua missão precípua que é a de cristalizá-la. Com os que amaram as putas é claro que não acontecia assim, tudo entrava na ordem e depois de cada gozo o amor afundava mais na desesperada procura de tudo que precisamente o gozo era incapaz de dar. Nunca amei puta mas o cru quotidiano bordelesco que entra nas narinas, olhos, ouvidos e poros, passado o orgasmo, nunca impediu que continuasse a sentir nas putas as mulheres, apesar da irrisória intimidade alcançada. Elas foram preparo para o encontro de Doya, mas houve outros, anteriores, fornecidos pelos namoros das férias em Sorocaba dos quais um nome permaneceu esse tempo todo flutuando, Romilda Caldini. Eu lhe ofereci a borboletinha de seda que fazia parte da costura interna de meu primeiro chapéu de homem, e nas matinês do *São José* ela permitiu que lhe pegasse a mão, não exageremos, o máximo que autorizava, na obscuridade, era que lhe tocasse, braços e ombros afastados, na ponta dos dedos, as unhas roídas pela aflição da adolescência. Na claridade e diante dos outros eu podia obter maior contato, mas era obrigado a optar. Dançávamos no *Circolo Italiano*. Eu podia pousar com segurança a palma na cintura esguia de Romilda e segurar com força sua mão, mas aí ela pousava o braço no meu ombro de jeito a assegurar entre nossos corpos uma distância considerável. O único jeito de aproximá-la era eu afrouxar minhas pressões. Então dançava solta entre meus braços e um ou outro movimento mais vivo permitia um leve roçar de nossos peitos, novo exagero. O que mal se encontrava era, de meu lado, o paletó branco de largas lapelas, e do lado dela a camada de tecido que procurava achatar o seio pontudo. De noite, pensando nela, abraçava e beijava o travesseiro. Doya foi para mim as putas e as Romildas conjugadas e se não contribuiu mais para a minha maturidade foi porque só me deu felicidade, em julho de 1933 não podia haver vislumbre de sofrimento pois nunca a amei, meu primeiro amor foi três anos depois e seu objeto, Patrícia Galvão. Fui-lhe apresentado por Brasil Gerson em meados de 35 na redação de *A Platéia*, um pouco para lá da Sé, mas não foi então

que a amei. Houve apenas o impacto de sua beleza e prestígio. Houve um homem, Guilherme de Almeida, incapaz de fixar a beleza na letra mas que soube captá-la e conversá-la. Se tivesse sido capaz de cristalizar o que lhe aconteceu na Escola Normal do Brás, quando era lá secretário, teria sido um poeta bem diferente daquele que aparece versejando 32
no *Cemitério*, que tanto aporrinha o baiano do pé. A escadaria da Escola era alta e largos os corrimões. A adolescente já escorregara alguns metros de sua montaria envernizada quando viu Guilherme de Almeida atravessando o portal, absorto, não vendo nada, só estacou o passo para não ser atropelado por aquela forma veloz vislumbrada no último instante. Na sua frente aprumou-se Patrícia encarando-o, vermelha e insolente, para esconder a confusão. Guilherme contemplou longamente, calado e arrasado, a beleza que inutilmente perseguira e perseguiria na facilidade cansada da poesia. As mulheres estavam presas num prédio distante uns cinqüenta metros do nosso, eram irmãs, Patrícia e Sidéria, e só as víamos de nossas grades e de tão longe, aos domingos, quando recebiam a visita do pai. Eu a amei durante meses em 1936, queria casar com ela quando acabasse a prisão, sua beleza estava a cinqüenta metros e muito próximo o prestígio, a viagem pela Manchúria, a travessia da Rússia, a venda de *L'Humanité* nas ruas de Paris. Não há nada mais importante no século do que o comunismo, não sei como são tão numerosos os que não acham isso, inclusive alguns ex-comunistas. Nenhum desses foi tão bom do que quando eram comunistas. E jovens. Em dezembro os jornais começaram a publicar as notícias sobre os primeiros processos de Moscou. Recebíamos todos os jornais e comentávamos as notícias para os companheiros. Um médico assassina toda a família e se suicida: se fosse comunista não teria perdido toda esperança a esse ponto. Mas como é que o *Cemitério* sabe de tanta coisa que aconteceu até comigo? Eu confundia um pouco Zinoviev e Kamenev mas os nomes me eram familiares, indissolúveis de Lenine e Trotsky, só mais tarde distinguiria bem a voz de falsete estridente de Zinoviev e a barba

triste de Kamenev. Caio tinha estado na Rússia poucos anos antes e lera declarações deles por ocasião de um processo anterior. Achava que não podiam ser sujeitos de caráter. Everardo, o venerando Everardo, o sogro do Astrojildo, balançava a careca branca nas têmporas, perplexo, argüindo que eram velhos bolcheviques apesar de mais moços do que ele próprio. Maffei acusava a colaboração de Trotsky na imprensa americana. Era excitante ler Trotsky no Paraíso contra a vontade das duas direções, a do Partido e a do Presídio, e alguns volumes tinham entrado de contrabando. Os trotskistas eram no começo apenas três, Aristides, Vitor e Mateus, o líder, o teórico e a massa, como dizíamos. Mateus era realmente um massa com algo de gigante, surdo e tipógrafo. Seu antigetulismo acabou sendo mais forte que o comunismo e morreu lacerdista. Os trotskistas entravam pela madrugada discutindo com paixão a posição stalinista diante da Estrada de Ferro da Manchúria. Até isso aparece no *Cemitério* e o baiano me pede que explique. Mas eu lhe faço novas perguntas sobre Doya, há muito ainda o que reconstituir, a forma do peito, a musculatura da coxa, a transformação do gemido de dor de dente em gozo. Não há muito jeito de conversar sobre certas coisas com esse homem, nossos fantasmas raramente coincidem e, além da Bahia de Doya e de Hermano, nosso único terreno comum é esse *Cemitério* que a mim apenas surpreende mas que para ele é um problema prático."

Arre que o Paulo compreendeu que provavelmente sai mesmo o processo contra o *Cemitério*, isto é, contra mim. Segundo o advogado amigo dele o que pode dar bode é o general. Em setembro de 1932, é assim que o livro conta, como poderia ter sucedido a Manaíma quando se aventurou pelo sertão de cerrado leve, onde o maco não canta mais, o coronel Herculano virou Herlano porque teria dado o cu para Góis Monteiro. Do mesmo jeito que entendo muito devagar chacota de paulista contra baiano, não percebi logo que foi essa a maneira que os paulistas mal-agradecidos acharam de agradecer os briosos nortistas fardados rasos da Força Pública, os únicos que brigaram de fato durante a revolução que nem sequer era a deles. Não está escrito mas sei, por isso pensei que esse Góis Monteiro, que fez das suas com dr. Getúlio e outros ilustres e do qual aliás o Pedro de Toledo tinha muito medo, poderia ser o tal general. O pobre do Herlano não podia, coitado, por motivos óbvios e mesmo porque nunca passou de coronel e na Força Pública aliás não dava general. O único foi Miguel Costa, feito general por dr. Getúlio como Rui Barbosa por Deodoro, quem não acreditar passe na São Clemente e veja a espada que ainda reluz. O dr. Luís Carlos Prestes também foi general mas não foi feito por ninguém. Contam que no livro do baiano Amado sobre dr. Prestes o paulista mais amado é o general Miguel Costa. Paulo parece não pensar, ele me atende e ajuda mas não é mister pensar como ele pensa, mesmo que tenha passado tanto tempo com o general no Paraíso. E numa coisa o *Cemitério* não me deixa mentir, foi o general Miguel Costa, e para isso é que ele tinha sido feito general, quem explicou para dr. Getúlio que não devia entregar São Paulo para *O Estado de S. Paulo*. Num relance desta vez, nos bairros desde Itaquera até ao Centro, no encontro da Patriarca com Direita e São Bento, o general Miguel quase encontrou o povo e o dr. Getúlio concordou. Mas como todos os grandes homens ele era teimoso e mais tarde insistiu na entrega de São Paulo ao *Estado de S. Paulo*, insistiu tanto que acabou entregando mais de uma vez e foi o que se viu. Mas veio o arrependimento e daí por diante ninguém em São Paulo, mesmo o general Miguel Costa, foi mais amado do que o dr. Getúlio. Se tudo continuou na mesma ou depois piorou não deve ter sido culpa dele. Mas o general do *Cemitério* que vai dar encrenca não é Góis Monteiro, Miguel Costa, Rui Barbosa, dr. Prestes ou Deodoro, é um outro que está sempre sofrendo, com problemas. Não era muito religioso mas a primeira vez que aparece no livro é apelando para o capelão do Exército. Do lado dele do confessionário o general se benzeu e falou. "Meu pastor, eu levanto cedo, faço ginástica antes de ir para o quartel e meu ordenança está convencido, tenho certeza, de que só penso em cu. Cumpro minhas obrigações, no dia de desfile prego todas as minhas medalhas no peito, em posição ereta bato continência à bandeira, estremeço a Pátria e a tropa aguerrida de mocetões que passa garbosa mas convencida, estou certo, de que só penso em cu. Não sei mais o que fazer, meu pastor, nesse preciso momento eu penso que o senhor também acha que eu só penso em cu." De dentro o capelão rezou um pouco antes de aconselhar. "Reze muito, meu filho, e procure não pensar nessa coisa, assim será melhor para todos e o senhor será feliz." Já que há um general envolvido é bem capaz que meu processo corra pela Justiça Militar e eles são capazes de me atrapalhar muito. "Acusado, sentido, e diga porque imaginou um general assim." Senhores juízes de farda e também o de toga, eu não imaginei nada, só soube porque li, e li tarde, se tivesse lido mais cedo não seria publicado e nem os senhores nem ninguém ficariam sabendo, só eu que guardaria o segredo por segurança nacional e pessoal, conheço a lei. "Então o acusado acha que esse general existe." Como é que poderia saber se não conheço generais e se conhecesse não iria conversar um assunto desses, nem posso pois não sou capelão, não seria a mim que o general escolheria para contar seus segredos, cada um tem os seus, eu tenho um que minha mulher sabe e que nunca contei a ninguém, acho que respondi satisfatório. Mas eles não vão achar, eu sei, e virão novas perguntas traiçoeiras, o acusado falou em segurança, o que quis dizer com isso, como se houvesse o que dizer sobre os assuntos em que toda gente fala e ninguém sabe dizer o que é, e não satisfeitos com isso os juízes fardados e o outro começariam a me fazer perguntas a respeito de uma história que contaram para o general e depois da qual ele nunca mais apareceu no *Cemitério*, a impressionante história do deus Andryo e do monstro Eumergue.

[Interrompe-se neste ponto o manuscrito]

ANOTAÇÕES AVULSAS DO AUTOR NO CADERNO EM QUE VERTEU O SEU TEXTO

"Cultura imaginária constituída por mentiras provisórias"
"de uma maneira radical ninguém nunca conseguiu mentir, pois tudo acontece, aconteceu ou acontecerá."

"O vício de dizer uma coisa e o seu contrário"
"reflexão do general depois de ouvir a história de Andryo."

No mesmo caderno, encontra-se uma anotação em recorte de jornal
"O coronel Essanay, que representa o SNI na CIA, ou o contrário, alguém em todo caso que entrosa muito, pretende que nas alturas preferem que o general que só pensa em cu é um civil."

NOTAS DE APOIO

No processo de edição do presente volume, surgiu a necessidade de incluir informação de apoio à compreensão do contexto histórico e político em que o *Cemitério* se desenrola. A inclusão das notas visa orientar o leitor sobre os personagens históricos e acontecimentos datados, às vezes apenas enunciados por Paulo Emílio no seu relato, em que predomina a experiência vivida.

Essa decisão não foi imediata. Avaliou-se se a introdução dessas notas não impediria o fluxo livre do imaginário do leitor, diante das dificuldades para distinguir os personagens reais dos ficcionais. Ouvidos vários colaboradores, optou-se pela sua presença. Ao lançarem luz sobre personagens e episódios da nossa história, contribuem para reavivar a memória de um período do processo político brasileiro, cujo recalque o autor queria justamente combater.

23 DE MAIO de 1932 Nesta data a Frente Única Paulista (FUP), que reunia os dois principais partidos políticos de São Paulo, Partido Democrático (PD) e Partido Republicano Paulista (PRP), conclamou a população paulistana a se reunir na praça do Patriarca, às 15 horas, em função das informações de que Getúlio Vargas teria enviado um emissário para negar as reivindicações de formação de um novo secretariado civil para São Paulo. As manifestações de rua e a pressão dos dirigentes da FUP fizeram com que os nomes propostos para

o secretariado acabassem aceitos, mas não impediu o recrudescimento das manifestações à noite e o início de confrontos armados entre a população e membros do Partido Popular Paulista (PPP), ligado aos "tenentes" próximos a Vargas. Aí perderam a vida quatro estudantes: Mário Martins de Almeida, Euclides Bueno Miragaia, Dráusio Marcondes de Souza e Antônio Américo de Camargo Andrade, cujas iniciais formaram a sigla MMDC, pela qual foi designada a principal sociedade civil secreta de resistência autonomista e constitucionalista. Essa sociedade conduziu as conspirações que deflagraram a Revolução Constitucionalista, em 9 de julho de 1932.

9 DE JULHO de 1932 Ver Revolução Constitucionalista de 1932.

ADALBERTO Bueno NETO [Mogi Mirim (SP), 1891 – Cambuquira (MG), 1978] Farmacêutico, político e empresário que se destacou pelo êxito nos negócios. Formado na Escola de Farmácia de Ouro Preto em 1909. Foi prefeito e vereador de Catanduva, deputado estadual pelo Partido Republicano Paulista (PRP) (1922-1924) e secretário da Agricultura no governo de Armando de Sales Oliveira (1933-1935). Tomou parte ativa na Revolução de 1932 e nos movimentos de 1945 e 1964. Filiado à antiga União Democrática Nacional (UDN).

ADRIÃO MONTEIRO Auxiliar de Diretoria dos presídios do Paraíso e Maria Zélia, em São Paulo.

Eugenio AGOSTINI Filho Comerciário e servidor público. Preso político, foi detido em São Paulo em 3 de dezembro de 1935, e libertado em 23 de dezembro de 1936.

Carmo ANGERAMI [Mococa (SP), 1895 – Santos (SP), 1950] Contador e despachante aduaneiro. Militou no Partido Comunista do Brasil (PCB). Preso político, foi detido em Santos, em 1º de dezembro de 1935.

ARISTIDES da Silveira Lobo [Monte Santo (MG), 1905 – São Paulo, 1968] Comerciário, professor, tradutor e jornalista. Preso político. Ingressou no Partido Comunista do Brasil (PCB), em 1923, do qual foi expulso, em 1930, por pertencer à corrente trotskista. Fundador da Juventude Comunista (JOTA), da Associação dos Amigos da Rússia e da Frente Única Antifascista (FUA). Lutou contra o stalinismo no Brasil, fundando, em 1930, a Oposição de Esquerda e, em seguida, a Liga Comunista do Brasil (LCB). Colaborou em vários jornais, clandestinos ou não, de propaganda revolucionária, entre outros: *A Classe Operária*, *A Luta de Classe*, *O Homem Livre* e *Vanguarda Socialista*. Foi exilado em 1930, e preso pela primeira vez em 1927 e, a última, em 1938, num total de 25 prisões. Trabalhou na *Folha de S. Paulo* por mais de vinte anos, no período que antecedeu a sua morte.

ARMANDO DE SALES OLIVEIRA [São Paulo, 1887 – 1945] Engenheiro, empresário e político. Casou-se com a filha de Júlio de Mesquita, de quem foi sócio em vários empreendimentos, entre eles, o jornal *O Estado de S. Paulo*. Aderiu à Revolução Constitucionalista de 1932. No início de 1933, foi um dos articuladores da Chapa Única por São Paulo Unido. Em agosto daquele ano, nomeado por Vargas, assumiu o cargo de Interventor Federal do Estado de São Paulo. Em 1934, fundou o Partido Constitucionalista (PC) e participou da criação da Universidade de São Paulo (USP), cujo *campus* na capital paulista leva seu nome. Foi eleito indiretamente pela Assembléia Legislativa do Estado de São Paulo, em 1935, governador constitucional do Estado de São Paulo. Em dezembro de 1936, desincompatibilizou-se do cargo para concorrer à Presidência da República, mas foi impedido pelo golpe de Estado de Vargas, que instaurou o Estado Novo. Exilado, só voltou ao Brasil em 1945, morrendo pouco depois.

ARNALDO PEDROSO D'HORTA [São Paulo, 1914 – 1973] Gravador, pintor, desenhista, crítico de renome internacional, professor e jornalista. Participou da Juventude Comunista, nos anos 30, na qual ficou conhecido pelo codinome de "Tamandaré", e, em 1945, da Esquerda Democrática, que, em 1947, veio a se constituir no Partido Socialista Brasileiro (PSB), do qual foi membro da Comissão Executiva (1947-1949). Participou da conhecida "Batalha da Praça da Sé", em 7 de outubro de 1934, que opôs a Frente Única Antifascista (FUA) à Ação Integralista Brasileira (AIB), em São Paulo.

ARTUR HELÁDIO NEVES [Ribeirão Bonito (SP), 1917 – São Paulo, 1971] Comerciário, editor e militante da Juventude Comunista. Preso político, detido e solto em julho de 1935, com membros do Congresso da Juventude Proletária e Estudantil. Voltou a ser preso em 28 de novembro de 1935, fugindo, juntamente com Paulo Emílio Sales Gomes e outros quinze detentos, do Presídio do Paraíso em 10 de fevereiro de 1937. Foi recapturado no Paraná em 8 de dezembro daquele ano, usando o nome de Armando Lima. Posto em liberdade em março de 1938, foi absolvido pelo Tribunal de Segurança Nacional em junho do mesmo ano. Juntamente com José Bento de Monteiro Lobato, Hermes Lima, Leandro Dupré, Caio da Silva Prado e Caio Prado Júnior, fundou a editora Brasiliense em 1943.

ASTROJILDO Pereira Duarte Silva [Rio Bonito (RJ), 1890 – Rio de Janeiro, 1965] Escritor, crítico literário, jornalista. Na juventude, fez parte de organizações operárias de orientação anarquista, quando se casou com Eponina Dias, filha de Everardo Dias. Após sua prisão em 1918, afastou-se do anarquismo. Foi um dos fundadores e secretário-geral do Partido Comunista do Brasil (PCB). Em 1928, passou a fazer parte do Comitê Executivo da Internacional Comunista. Em 1930, durante o processo de proletarização do partido no Brasil, foi afastado do posto de secretário-geral. Em 1931, desligou-se do PCB, dedicando-se aos negócios particulares, à crítica literária e ao jornalismo. Retornou à organização em 1945, colaborando intensamente com a imprensa partidária. Em 1964, preso em decorrência do golpe militar, permaneceu na prisão por três meses, já em estado de saúde precário.

AUGUSTO PINTO [São Paulo, 1911 – 1937] Bancário da Caixa Econômica. Preso político. Durante a Revolução Constitucionalista de 1932 serviu em uma companhia de voluntários organizada em Santo Amaro. Dirigente da Aliança Nacional Libertadora (ANL) em São Paulo. Detido em 22 de janeiro de 1936, foi friamente assassinado pela polícia durante tentativa de fuga do Presídio Maria Zélia, em 21 de abril de 1937.

BERGER [Arthur Ernst Ewert, Heinrichswalde (Alemanha), 1890 – Eberswalde (Alemanha), 1959] Codinomes de "Grey", "Artur Braun", "Harry Berger", "Nero", "Sylvio", "Alberto Castro", "Negro", "Bering". Mecânico, dirigente do Partido Comunista da Alemanha (PCA) (1923-1928) e deputado federal (1928-1930). Preso político. Ingressou no Partido Social-Democrata alemão em 1908. Em maio de 1914 foi para os Estados Unidos e depois, em 1917, para o Canadá, juntamente com sua companheira, a datilógrafa Elise Szaborowski [1886-1941], onde permaneceram até 1919, quando foram expulsos. Ao voltar para a Alemanha, o casal ingressou no recém-criado Partido Comunista. Ewert foi membro suplente do Comitê Executivo da Internacional Comunista (1928-1935). Enviado em 1931 à América Latina, acompanhou Luís Carlos Prestes do Uruguai à União Soviética. De 1932 a 1934 trabalhou na China, acompanhado de Elise, como representante da Internacional Comunista. Chegou ao Brasil, com Elise (codinomes de "Machla Lenczycki", "Elise Berger", "Sabo") em março de 1935, para dirigir o Bureau Sul-Americano da Internacional Comunista no Rio de Janeiro. Dirigente da rebelião militar comunista de novembro de 1935 (também conhecida como Intentona Comunista), o casal foi preso em 26 de dezembro. Ewert foi defendido *ex officio* pelo advogado Heráclito Sobral Pinto, mediante indicação do Conselho Federal da Ordem dos Advogados do Brasil (OAB). Depois de barbaramente torturados, a militante foi deportada para a Alemanha, com Olga Benário Prestes, em 23 de setembro de 1936, falecendo num campo de concentração em 1941. Ewert, sob tortura, perdeu a razão. Foi condenado pelo Tribunal de Segurança Nacional a treze anos e quatro meses de prisão. Com a anistia de 1945, foi libertado e, finalmente, em junho de 1947, levado num navio científico soviético para a então Alemanha Oriental, onde viveu sem ter recuperado a sanidade.

BRASIL GERSON [São Francisco do Sul (SC), 1904 – Rio de Janeiro, 1981] Historiador, jornalista, escritor, teatrólogo, crítico e roteirista de cinema. Preso político, foi detido em São Paulo, pela edição de novembro de 1935, do jornal *A Platéia*, do qual era diretor. Em 1920, trabalhou nos *Diários Associados*. Tem obras publicadas, destacando-se a *História das ruas do Rio*.

BUCHA Sociedade secreta universitária denominada *Burschenschaft*, ou Bucha, sua forma abrasileirada, introduzida na Faculdade de Direito de São Paulo, por volta de 1832, com duração aproximada até 1930. Foi fundada pelo professor alemão Julius Frank, responsável pelos cursos preparatórios daquela faculdade, e em cujo *campus* está sepultado. Organizada sob a influência germânica e com traços constitutivos absorvidos de outras sociedades secretas (Maçonaria e Iluministas). Dela fizeram parte numerosos estudantes que ocuparam posteriormente lugares de destaque na política brasileira, incluindo vários presidentes da República.

Alfredo BUZAID [Jaboticabal (SP), 1914 – São Paulo, 1991] Advogado, jurista e professor de Direito. Pertenceu à Ação Integralista Brasileira (AIB), desde sua criação, em outubro de 1932, até a extinção, em dezembro de 1937. Foi candidato derrotado a deputado estadual pela legenda integralista nas eleições para a Constituinte paulista, realizadas em 14 de outubro de 1934. Participou do governo militar, pós-64, como ministro da Justiça do Governo Médici (1969-1974), período de intensa radicalização, violência e tortura na ação repressiva contra os movimentos de esquerda, e foi ministro do Supremo Tribunal Federal (1982-1984) do Governo João Figueiredo. Foi professor catedrático de Direito Judiciário Civil da Faculdade de Direito da Universidade de São Paulo (USP), além de ter assumido o cargo de diretor (1967-1969) dessa faculdade e, interinamente, o de reitor da Universidade. Tem várias obras publicadas na área do Direito Processual Civil e foi autor do Projeto do Código de Processo Civil (1973).

CAIO da Silva Prado Júnior [São Paulo, 1907 – 1990] Historiador, filósofo e editor. Preso político. Formado pela Faculdade de Direito de São Paulo em 1928. Nesse mesmo ano ingressou no Partido Democrático e apoiou a candidatura de Getúlio Vargas a presidente. Com a Revolução de 1930, foi designado para a Delegacia Revolucionária de Ribeirão Preto. Decepcionado com a "República Nova", ingressou, em 1931, no Partido Comunista do Brasil (PCB). Em 1933 publicou *Evolução política do Brasil*, trabalho que se tornou um clássico pelo seu caráter pioneiro na compreensão da história do Brasil sob a chave de interpretação do marxismo. Em 1935 assumiu a Vice-Presidência da Aliança Nacional Libertadora (ANL) de São Paulo, sob a direção do general Miguel Costa. Foi preso em 2 de dezembro de 1935 no Rio Grande do Sul e trazido a São Paulo. Após quase dois anos de prisão, acabou denunciado, em abril de 1937, por crime contra a segurança nacional, mas com a suspensão do estado de sítio, em junho daquele ano, requereu o *habeas corpus* que lhe valeu a liberdade. Exilou-se na França até 1939, após ser absolvido pelo Tribunal de Segurança Nacional. Além de manter uma militância clandestina e continuar com sua atividade intelectual, fundou, em 1943, a editora Brasiliense. Em 1947 foi eleito deputado estadual constituinte pelo PCB, permanecendo no cargo até a perda do mandato resultante da decretação da ilegalidade da legenda comunista. Em 1955, pela sua editora, lançou a *Revista Brasiliense*, publicada até o golpe de 1964. Em 1968 foi indiciado por ter supostamente incitado o "público à guerra e à subversão da ordem político-social", através de entrevista dada a uma revista estudantil. Exilou-se no Chile, retornando em 1970. Preso, foi recolhido à Casa de Detenção Tiradentes, onde ficou até 1971, quando acabou absolvido. Entre suas obras, destacam-se também *Formação do*

Brasil contemporâneo, História econômica do Brasil, Dialética do conhecimento, História e desenvolvimento, A revolução brasileira e *A questão agrária no Brasil.*

CIRO PINTO DE OLIVEIRA Irmão de Décio Pinto de Oliveira e amigo de Paulo Emílio Sales Gomes.

COMANDANTE Júlio Marcondes SALGADO [Pindamonhangaba (SP), 1890 – São Paulo, 1932] Ingressou em 1907 no Corpo de Cavalaria da Força Pública do Estado de São Paulo. Durante a revolta tenentista de 1924, na capital, combateu ao lado das forças legalistas. Comandante da Força Pública de São Paulo durante a Revolução de 1932. Nesse ano, veio a falecer num acidente, sendo substituído pelo coronel Herculano Silva, e promovido postumamente ao posto de general.

CORONEL João CABANAS [São Paulo, 1895 – 1974] Militar, advogado e político. Participou no levante tenentista de 1924, em São Paulo. A coluna, sob seu comando durante o movimento armado, ficou conhecida como a "Coluna da Morte". Exilou-se no Uruguai em 1925, não integrando a Coluna Prestes. Participou da Revolução de 1930. Decepcionado com os rumos do governo, ingressou no Partido Socialista Brasileiro de São Paulo (PSB). Foi um dos principais estrategistas militares da ação da Frente Única Antifascista (FUA) no episódio do enfrentamento armado contra os integralistas, em 7 de outubro de 1934, na "Batalha da Praça da Sé", em São Paulo. Em 1935, foi um dos articuladores e participantes da Aliança Nacional Libertadora (ANL). Em 1950, apoiou a candidatura presidencial de Getúlio Vargas.

CORONEL DANIEL COSTA Aposentado da Força Pública e irmão do general Miguel Costa. Preso político, foi detido em São Paulo em 15 de dezembro de 1935 e processado com Caio Prado Jr. e outros, acusados de envolvimento com os movimentos de novembro de 1935.

CORONEL HERCULANO de Carvalho e Silva [Sapucaia (RJ), 1892 – Rio de Janeiro, 1963] Comandante da Força Pública em São Paulo durante a Revolução de 1932, a partir de 23 de julho daquele ano. Efetuou a paz, em separado, entre as forças constitucionalistas e as governistas, em outubro de 1932, atitude que se fixou no ideário sobre a Revolução Constitucionalista como "a traição da Força Pública". O coronel Herculano depôs, em 2 de outubro de 1932, o governo chefiado por Pedro de Toledo. Quatro dias depois, foi substituído pelo general Waldomiro Castilho de Lima, nomeado por Vargas como interventor no Estado.

CORTEJO DE 1905 O cortejo a que se refere Paulo Emílio Sales Gomes ocorreu, na verdade, no dia 5 de fevereiro de 1906, em protesto contra os fuzilamentos promovidos pelo Exército russo contra a população, principalmente de Moscou, em dezembro de 1905, que resultaram em cerca de mil mortes. Iniciado com um comício, que contou com a adesão de dezessete Ligas Socialistas e Operárias da Capital e do Interior de São Paulo, prosseguiu como um cortejo pelas ruas do centro da cidade, conduzindo duas bandeiras vermelhas e entoando o hino socialista "A Internacional".

D. Maria AUGUSTA Viana Bandeira [Salvador, 1855 – Rio de Janeiro, 1947] Esposa de Rui Barbosa, com quem se casou em 1876, na cidade de Salvador.

D. GILDA Moreira de Sales Gomes [Santos (SP), 1895 – São Paulo, 1959] Mãe de Paulo Emílio. Participou dos debates políticos e culturais no período de 1946 a 1954, quando o filho permaneceu no exterior.

DÉCIO DE ALMEIDA PRADO [São Paulo, 1917 – 2000] Crítico teatral, ensaísta e professor da Escola de Arte Dramática e da Faculdade de Filosofia da Universidade de São Paulo (USP). Após completar o curso de Filosofia e Ciências Sociais, em 1938, na Faculdade de Filosofia, Letras, Ciências

Humanas da Universidade de São Paulo (FFLCH/USP), formou-se em direito, na mesma universidade, em 1941. Nesse mesmo ano iniciou as atividades de crítico teatral na revista *Clima*, cuja continuidade, a partir do número 3, foi assegurada sobretudo pela sua atuação e de sua mulher Ruth. A partir de 1946 e até 1968 exerceu a crítica teatral do jornal *O Estado de S. Paulo*, de cujo Suplemento Literário foi diretor de 1956 a 1967. Desde a juventude manteve fortes laços de amizade com Paulo Emílio Sales Gomes. Tem importante obra publicada: *Apresentação do teatro brasileiro moderno*; *Teatro em progresso*; *João Caetano*; *Procópio Ferreira*; *O teatro brasileiro moderno*; *O teatro de Anchieta a Alencar*; *Peças, pessoas e personagens: o teatro de Procópio a Cacilda*; *Seres, coisas, lugares: do teatro ao futebol*; *História concisa do teatro brasileiro*.

DÉCIO PINTO DE OLIVEIRA [Serra Negra (SP), 1912 – São Paulo, 1934] Estudante do primeiro ano da Faculdade de Direito da Universidade de São Paulo (USP), comerciário e militante da Juventude Comunista. Foi morto, além de outras cinco pessoas e numerosos feridos, no famoso confronto conhecido como a "Batalha da Praça da Sé", ocorrido em 7 de outubro de 1934, em São Paulo, entre integralistas e a esquerda, reunida na Frente Única Antifascista (FUA).

DERALDO DIAS de Morais [Salvador, 1896 – 1943] Médico, poeta, ensaísta, professor e membro da Academia de Letras da Bahia.

DOS DEZ MIL DE OSWALD Referência ao artigo "A retirada dos dez mil" de Oswald de Andrade, publicado em 23 e 24 de julho de 1935, no diário paulistano *A Platéia*, depois de ser publicado de forma censurada no jornal carioca *A Manhã*, em sua edição de 3 de julho daquele ano. Trata-se de uma resposta a um artigo do líder da Ação Integralista Brasileira (AIB), Plínio Salgado, no qual este justificou a suspensão de uma concentração de seu partido em São Paulo prevista para 16 de julho de

1935, para a qual pretendia ter a presença de dez mil militantes integralistas. Oswald travou uma discussão política, valendo-se de recursos satíricos, e colocou em questão as noções de "nacionalismo" e "imperialismo" veiculadas pelo integralismo, mostrando suas contradições e ressaltando sua identidade com os propósitos do fascismo italiano e do nazismo alemão. Além disso, através de uma série de episódios nebulosos da trajetória de Plínio Salgado, aos quais associou vários apelidos do chefe do integralismo, Oswald ressaltou ainda mais a confusa ideologia da AIB. Concluiu o texto afirmando que "o povo brasileiro precisa pois se preparar contra o assalto agora claramente planejado pelos facínoras do fascismo estrangeiro, guiados por Plínio Víspora".

DR. ARTUR NEIVA [Salvador, 1880 – Rio de Janeiro, 1943] Médico sanitarista, cientista, professor livre-docente de medicina, político e deputado. Primeiro diretor-superintendente do Instituto Biológico do Estado de São Paulo (1927-1931). Após a Revolução de 1930, foi secretário do Interior do interventor federal de São Paulo, João Alberto Lins de Barros. Nomeado por Vargas, em 1931, interventor federal na Bahia. Em 1933, dirigiu o jornal carioca *A Nação*, vinculado à corrente tenentista, e elegeu-se deputado federal constituinte pelo Partido Social Democrático (PSD) da Bahia, permanecendo no cargo até a instauração do Estado Novo.

DR. CASSIANO Ricardo Leite [São José dos Campos (SP), 1895 – São Paulo, 1974] Advogado, jornalista, poeta, ensaísta e servidor público. Iniciou o curso de Direito em São Paulo, concluindo-o no Rio de Janeiro, em 1917. De volta a São Paulo, foi um dos líderes do movimento de reforma literária iniciada na Semana de Arte Moderna de 22, participando ativamente dos grupos "Verde Amarelo" e "Anta", ao lado de Plínio Salgado, Menotti del Picchia, Raul Bopp, Cândido Mota Filho e outros, que formaram a fase classificada como nacionalista. Abandonando a advocacia, tornou-se servidor público, como censor teatral e cinematográfico. Ocupou outros cargos e, finalmente, o de diretor da Secretaria do Governo de São Paulo. Em 1932, depois de ter sido secretário do governador Pedro de Toledo, foi preso por dois meses no Rio de Janeiro. Em 1937, foi eleito para a Academia Brasileira de Letras.

DR. Carlos Justiniano Ribeiro das CHAGAS [Oliveira (MG), 1878 – Rio de Janeiro, 1934] Médico sanitarista, cientista e professor de doenças tropicais da Faculdade de Medicina do Rio de Janeiro. Descobriu, em 1909, o parasita *Tripanossoma cruzi*, agente causador e transmissor da doença de Chagas, que levou o seu nome. Seus dois filhos, Evandro e Carlos Chagas Filho, seguiram carreira científica e é a esse último que Paulo Emílio se refere no texto.

DR. DANTON VAMPRÉ [Pseudônimo: Mário da Luz, Rio Claro (SP), 1892 – São Paulo, 1949] Advogado, jornalista, poeta e escritor dedicado ao teatro. Preso político. Bacharelou-se pela Faculdade de Direito de São Paulo, em 1921. Escreveu nas seções não-editoriais de vários jornais paulistanos. Preso em 28 de novembro de 1935, acusado, juntamente com Caio Prado Jr. e José Maria Gomes, de se reunir na sede de *A Platéia* e de criar a Frente Popular pela Liberdade.

DR. OSÓRIO Taumaturgo Cézar [João Pessoa (ex-Paraíba), 1895 – São Paulo, 1980] Dentista, médico psiquiatra, escritor e crítico de arte. Preso político. Concluiu o curso de Odontologia em São Paulo em 1915. Formou-se médico na Faculdade de Medicina da Praia Vermelha, no Rio de Janeiro, em 1925. Nesse mesmo ano, em São Paulo, ingressou no Hospital do Juqueri, onde atuou até sua aposentadoria em 1965, desenvolvendo um trabalho através da ênfase na potencialidade criativa dos doentes mentais e nas terapias alternativas. Participou das rodas intelectuais e artísticas paulistas, de mobilizações sociais e organizações como o Comitê Antiguerreiro de São Paulo, em 1933, época em que publicou *Onde o proletariado dirige*, ilustrado por Tarsila do Amaral, então sua companheira. Foi preso em 28 de novembro de 1935, sob a acusação de propaganda comunista.

DR. Quirino PUCCA [São Paulo, 1900-?] Médico. Preso político. Militou no Partido Comunista do Brasil (PCB), atuando no "Socorro Vermelho". Foi membro da Aliança Nacional Libertadora (ANL), sendo preso em 27 de novembro de 1935. No presídio, ministrou disciplinas no curso de formação política que ficaria conhecido como "Universidade Maria Zélia". Foi solto em 25 de maio de 1937, com a "Macedada", nome originário do ministro da Justiça José Carlos de Macedo Soares, que determinou a libertação dos presos políticos sem culpa formada, ainda detidos por conta da rebelião militar comunista de 1935. Foi preso, condenado e absolvido várias vezes pelo Tribunal de Segurança Nacional.

DR. Francisco SALES Gomes Jr. [Tatuí (SP), 1888 – São Paulo, 1972] Pai de Paulo Emílio. Médico infectologista, especialista em Hanseníase. Matriculou-se em 1904 na Faculdade de Direito de São Paulo. Transferiu-se no ano seguinte para a Faculdade de Medicina da Bahia, onde se formou em 1911. Atuou diretamente ligado à Secretaria de Educação e Saúde Pública do Estado de São Paulo, na qual ocupou o cargo de secretário, de dezembro de 1937 a abril de 1938.

EDGAR Frederico LEUENROTH [Mogi-Mirim (SP), 1881 – São Paulo, 1968] Jornalista. Foi um dos principais anarquistas do Brasil durante a República Velha. Participou da fundação da Federação Operária de São Paulo, órgão que congregava os sindicatos dirigidos por anarquistas na capital paulista. Fundou os jornais *Terra Livre* e *A Plebe*. Foi preso e processado em 1917, sob a acusação de ser um dos principais promotores da greve então deflagrada. Detido novamente em 30 de novembro de 1935, permaneceu encarcerado até 10 de julho de 1936. Seu processo foi arquivado pelo Tribunal de Segurança Nacional em agosto de 1937. Durante toda a sua vida manteve a militância anarquista.

Euzébio EGAS BOTELHO [São Carlos (SP), 1887 – São Paulo, 1956] Pertencente a uma das tradicionais famílias paulistas. Advogado, delegado de polícia, chefe da Superintendência da Ordem Política e Social de São Paulo.

ENERGIA REVOLUCIONÁRIA IRROMPIDA EM 98 Ver Oreste Ristori.

EPITÁCIO Lindolfo da Silva Pessoa [Umbuzeiro (PE), 1865 – Petrópolis (RJ), 1942] Advogado, político, deputado, senador, ministro da Justiça do governo Campos Sales, juiz do Supremo Tribunal Federal e presidente da República (1919-1922), quando venceu o candidato Rui Barbosa. Seu mandato foi bastante conturbado pela agitação social e a animosidade entre governo e militares, e pelo desencadeamento de um processo de repressão que levou ao início do que ficaria conhecido como movimento tenentista. Em 1923, substituiu Rui Barbosa na Corte Internacional de Justiça de Haia, e a partir de 1924 acumulou esse cargo com o de senador pelo Estado da Paraíba. Em 1930, opôs-se à candidatura de Getúlio Vargas.

ESPANHA EM 38 Ver Oreste Ristori.

EVERARDO DIAS [Pontevedra (Espanha), 1883 – São Paulo, 1966] Operário gráfico, jornalista, escritor e anarquista. Preso político. Dirigiu o jornal *O Livre Pensador*, ao lado de Edgar Leuenroth. Em 1919, foi preso e deportado, embora naturalizado brasileiro, retornando ao Brasil um ano depois. Em 1921, participou da fundação do Grupo Clarté do Brasil. Durante a presidência de Artur Bernardes, voltou a ser preso sob a acusação de conspiração. Nessa época entrou para o Partido Comunista do Brasil (PCB), do qual foi expulso em 1932. Preso em 30 de novembro de 1935, foi libertado em 27 de fevereiro de 1937. Entre as suas obras publicadas, destaca-se a *História das lutas sociais no Brasil.*

Rodolfo FELIPE Jornalista, editor e livreiro de obras anarquistas. Preso político. Os primeiros registros de sua militância surgem na campanha pela salvação de Francisco Ferrer, que seria executado em 1909 na Espanha. Teve atuação destacada na greve geral de 1917, em São Paulo. Por muitos anos foi editor de *A Plebe*, em São Paulo, e também proprietário dos jornais *La Barricatta* e *Germinal*. Preso em 26 de novembro de 1935, por "medida de caráter preventivo", ficou no Presídio do Paraíso, por cerca de um ano, onde editou o jornal manuscrito *A Cana*, ao qual sucedeu *O Xadrez*. Meses após ser solto, foi novamente preso, ficando detido até julho de 1937. Faleceu em Minas Gerais, pouco depois da implantação da ditadura militar de 1964.

FERNÃO de Moraes SALES [Campinas (SP), 1888 – Pouso Alegre (MG), 1932] Fazendeiro e banqueiro. Considerado uma figura expressiva da sociedade paulistana, com o desencadeamento da Revolução de 1932, alistou-se como voluntário e recebeu o comando de uma companhia do "Batalhão Pais Leme". Morreu em combate no Sul de Minas, o que deu ao seu nome um valor simbólico para os paulistas.

FILINTO Strubing Müller [Cuiabá (MT), 1900 – Paris, 1973] Militar, político, deputado e senador. Célebre chefe da polícia política de Getúlio Vargas. Participou dos levantes tenentistas, entre 1922 e 1924. Durante a Coluna Prestes, foi acusado de covardia e expulso pelo próprio Luís Carlos Prestes. Em 1932, foi nomeado delegado especial de Segurança Política e Social do Distrito Federal, e depois chefe de Polícia interino, sendo efetivado em abril de 1933, cargo em que permaneceria até 1942. Em 1935, após a rebelião militar comunista de novembro de 1935, prendeu Prestes e deportou sua mulher, Olga Benário, para a Alemanha, onde foi morta numa câmara de gás. Filinto perseguiu tanto comunistas como integralistas, apesar de simpatizar com esses últimos. Em 1942 foi nomeado oficial de gabinete do Ministério da Guerra e, no ano seguinte, presidente do Conselho Nacional do Trabalho. Em 1946 iniciou sua carreira parlamentar. Morreu num acidente aéreo.

GENERAL Robert Stephenson Smyth BADEN POWELL [Londres (Inglaterra), 1857 – Nyeri (Quênia), 1941] Militar, com longa carreira, participou de várias batalhas. Fundador do escotismo, movimento que se alastrou pelo mundo todo, a partir de 1907.

GENERAL ISIDORO Dias Lopes [Dom Pedrito (RS), 1865 – Rio de Janeiro, 1949] Militar, adepto do movimento republicano. Entrou para o Exército em 1883, abandonando-o para participar da Revolução Federalista. Com a derrota exilou-se em 1895 em Paris. No ano seguinte, após a anistia, retornou ao Brasil e à sua carreira militar. Foi um dos articuladores das revoltas tenentistas em 1924, contando com a participação do major da Força Pública, Miguel Costa. Colaborou na formação da Coluna Prestes, sob a liderança de Luís Carlos Prestes. Em 1930, opôs-se à orientação de Prestes e apoiou Getúlio Vargas na chefia do Governo Provisório. Cogitado para assumir o comando militar, foi preterido pelo general Góis Monteiro. Logo depois indispôs-se com o novo governo, criticando o interventor federal João Alberto e o comandante Miguel Costa. Assumiu posição de destaque na Revolução de 1932, acabando por ser deportado para Portugal. Em 1934, voltou anistiado ao país. Em 1937, já afastado das disputas políticas, criticou o golpe de Vargas que instaurou o Estado Novo.

GENERAL MIGUEL Alberto Crispim da COSTA Rodrigues [Buenos Aires (Argentina), 1874 – São Paulo, 1959] Militar. Preso político. Aos quinze anos, iniciou sua carreira na Força Pública de São Paulo. Participou ativamente dos movimentos militares e políticos das décadas de 20 e 30. Na condição de revolucionário, foi uma das principais lideranças da Coluna Prestes. Durante a Revolução de 1930, tendo o apoio de Vargas, retornou àquela corporação, assumindo o posto de general de brigada e comandante-geral. Permaneceu no governo até 1932, quando se recusou a participar das articulações por São Paulo, sendo mantido em prisão domiciliar pelos "constitucionalistas" até o final do conflito. Voltou à vida pública em 1935 para presidir a seção paulista da Aliança Nacional Libertadora (ANL). Foi preso em 29 de novembro de 1935.

Pedro Aurélio de GÓIS MONTEIRO [São Luís de Quitunde (AL), 1889 – Rio de Janeiro, 1956] Militar, político e senador. Participou da repressão ao levante tenentista em 1924 e à Coluna Prestes. Chefiou as tropas militares na Revolução de 1930. Comandou as forças legalistas que derrotaram a Revolução de 1932. Dele partiu a proposta de fechamento da Aliança Nacional Libertadora (ANL), participando com destaque da repressão à rebelião militar comunista de 1935. Foi ministro da Guerra entre 1934-1935, e, sucessivamente, inspetor das Regiões Militares do Norte e do Sul, e, em seguida, chefe do Estado-Maior do Exército, sendo um dos inspiradores do golpe de 1937, que implantou o Estado Novo. Retornou, em 1945, ao Ministério da Guerra, sendo um dos líderes do movimento militar que depôs Getúlio Vargas, em outubro daquele ano. Elegeu-se senador, em 1947, pelo Partido Social Democrático (PSD). Em 1950, recusou convite de Vargas para ocupar o posto de vice-presidente em sua chapa, na eleição presidencial daquele ano. Com a posse de Vargas, assumiu a chefia do Estado-Maior das Forças Armadas (EMFA), permanecendo no cargo até dezembro de 1952. Encerrou sua vida pública como ministro do Superior Tribunal Militar.

GREVISTAS DE 1917 Antecedida por uma série de greves vitoriosas de trabalhadores têxteis, encerradas em 7 de julho de 1917, a greve geral de 1917 de São Paulo teve início nesse mesmo dia com uma greve dos trabalhadores da seção de pintura da Companhia Antárctica Paulista, na Mooca. Violentamente reprimida, gerou demonstrações de apoio e greves de solidariedade que se alastraram pela capital e por várias cidades do interior. No dia 9 foi criado o Comitê de Defesa Proletária (CDP), formado por Antônio Candeias

Duarte, Francisco Cianci, Rodolfo Felipe, Gigi Damiani, Teodoro Monicelli e Edgard Leuenroth, que centralizou as reivindicações e procurou organizar o movimento. Em confronto com a polícia foi morto Antônio I. Martinez, cujo enterro, em 12 de julho, provocou comoção na capital. A mobilização dos trabalhadores gerou um recrudescimento da repressão, que apelou para o deslocamento de tropas do interior para a capital. Entre 12 e 15 de julho estimou-se a participação de cerca de 45 mil grevistas. Em 26 de agosto, o CDP transformou-se na Federação Operária de São Paulo.

GUILHERME DE Andrade e ALMEIDA [Campinas (SP), 1890 – São Paulo, 1969] Advogado, jornalista, poeta, ensaísta e tradutor. Formou-se na Faculdade de Direito de São Paulo em 1912. Foi redator de *O Estado de S. Paulo*, diretor da *Folha da Manhã* e da *Folha da Noite*, fundador do *Jornal de São Paulo* e redator do *Diário de S. Paulo*. Em 1922, participou da Semana de Arte Moderna. Deixou importante obra literária, dentre as quais: *Nós*; *A dança das horas*; *Messidor*; *Livro de horas de Soror Dolorosa*; *Raça*; *Do sentimento nacionalista na poesia brasileira* (ensaio); *Você*; *Acaso*; *Poesia vária*.

GUSTAVO Dodt BARROSO [Fortaleza, 1888 – Rio de Janeiro, 1959] Advogado, professor, contista, folclorista, cronista, ensaísta, romancista e político. Membro da Academia Brasileira de Letras. Foi deputado federal pelo Ceará (1915-1917). Participou do movimento integralista, sendo expoente de sua vertente antissemita, e embora não concordasse com o rumo dos acontecimentos a partir de 1937, manteve-se fiel à doutrina filosófica do integralismo.

HILÁRIO Corrêa [Sorocaba (SP), 1910 – 1981] Jornalista, tradutor, escritor e poeta. Preso político. Membro da Aliança Nacional Libertadora (ANL), em Sorocaba. Preso, em 2 de dezembro de 1935, naquela cidade, permaneceu recolhido no Presídio Maria Zélia, em São Paulo, por quatorze meses, sendo solto em virtude da ausência de provas. Trabalhou no *Correio de Sorocaba*, *Correio Paulistano*, *A Gazeta* e *Diário de S. Paulo*.

Honorato HIMALAIA VIRGULINO Advogado, procurador e, posteriormente, juiz do Tribunal de Segurança Nacional no governo Vargas. Em março de 1946, encaminhou um pedido de cancelamento do registro do Partido Comunista do Brasil (PCB). Pouco tempo depois, o deputado Edmundo Barreto Pinto do Partido Trabalhista Brasileiro (PTB-DF) apresentou nova denúncia contra o partido, que foi colocado na ilegalidade.

HUGO AULER [Rio de Janeiro, 1908 – 1980] Advogado, professor de Direito Civil (RJ) e de Direito Comercial (DF). Foi também juiz de direito, suplente de delegado da Polícia Civil do Rio de Janeiro (ex-Distrito Federal), delegado junto ao Estado-Maior da Presidência da República (1932), delegado-substituto da Delegacia Especial de Segurança Pública e Social (1940), desembargador do Tribunal de Justiça de Brasília, e juiz efetivo do Tribunal Superior Eleitoral. Como crítico de arte atuou no *Correio Brasiliense* e no *Jornal de Brasília*.

JORGE STREET [Rio de Janeiro, 1863 – São Paulo, 1939] Médico e empresário da indústria têxtil, defensor da indústria nacional e do protecionismo alfandegário, além de pioneiro na adoção de medidas de assistência social em suas fábricas, no Rio de Janeiro e em São Paulo. Idealizou e construiu a Vila Operária Maria Zélia, no bairro do Belenzinho, na capital paulista, inaugurada em 1917 com o nome de sua filha falecida ainda adolescente. O local, depois de ser vendido e ter passado por vários outros grupos, esteve sob a administração do Instituto de Aposentadoria e Pensão dos Industriários (IAPI) no período getulista, em que o prédio serviu de presídio político.

JOSÉ ARMANDO MACEDO SOARES AFONSECA [Santos (SP), 1908 – São Paulo, 1988] Advogado, político, vereador, deputado federal e dirigente de empresas e bancos. Formado na Faculdade de Direito da Universidade de São Paulo (USP), em 1935. Membro de influente família da política nacional, ocupou cargos públicos como oficial de gabinete do chefe de polícia da cidade de São Paulo (1932), do secretário de Imprensa Pública (1933), chefe de gabinete do secretário da Fazenda e do Tesouro (1934) e da Prefeitura de São Paulo (1938-1939). Foi eleito vereador da cidade de São Paulo, em 1935, permanecendo no cargo até a supressão dos órgãos legislativos imposta pela instauração da ditadura do Estado Novo, e, depois, deputado federal pelo Partido Social Democrático (PSD) (1946-1950).

JOTA Sigla da Juventude Comunista (JCB). Em 1925, a Juventude Comunista foi organizada por quatorze jovens militantes do Partido Comunista do Brasil (PCB). Em abril de 1927, o até então responsável, na direção do PCB, pela Juventude Comunista, o vassoureiro Luís Peres, afastou-se do cargo e suas funções foram passadas aos membros e estudantes universitários Leôncio Basbaum, Manuel Karacik e Francisco Mangabeira. Em 1928, após o V Congresso da Internacional da Juventude Comunista (IJC), a JOTA teve a sua filiação formalizada como Juventude Comunista do Brasil (JCB), passando a ter atuação regular. O estigma de sectária da JCB, no entanto, fez com que ela fosse dissolvida em 1937 para ser anexada ao PCB como Bureau da Juventude, voltando a ter existência própria somente em 1947.

JÚLIO DE MESQUITA FILHO [São Paulo, 1892 – 1969] Jornalista e advogado. Formou-se na Faculdade de Direito de São Paulo, em 1917. Estreou como jornalista na edição vespertina do *Estado de S. Paulo*, de propriedade de seu pai, editada no transcurso da I Guerra Mundial (1914-1919). Fundador do Partido Democrático, em 1926. No ano seguinte, com a morte do pai, sucedeu-o na direção do jornal. Apoiou a Aliança Liberal e a Revolução de 1930. Decepcionado com o descumprimento das promessas iniciais de Getúlio Vargas, participou da articulação da Revolução de 1932. Exilado em Portugal, voltou ao Brasil em fins de 1933. Desde então se tornou um decidido adversário de Vargas. A partir de 1938, ano seguinte à instauração do Estado Novo, foi preso dezessete vezes e levado ao exílio na França e na Argentina. *O Estado de S. Paulo* foi expropriado da família em 1940, e somente em 1945 legalmente devolvido. Apoiou o golpe militar de 1964, mas logo rompeu com o regime, passando a uma crescente oposição. Desgostoso com a censura imposta ao jornal, deixou de redigir as "Notas e Informações" em 1968, após a decretação do AI-5.

KAMENEV Nome político adotado por Lev Borisovitch Rosenfeld [Moscou (Rússia), 1883 – 1936] Foi um dos líderes da facção bolchevique do Partido Social-Democrático da Rússia, transformada em Partido Comunista da URSS depois da Revolução de 1917, da qual foi um dos mentores. Após a morte de Lenine, aliou-se a Stálin e Zinoviev para afastar Trotsky do poder. Em 1925, com Zinoviev, alia-se com Trotsky e formam a Nova Oposição, que durou até fins de 1927. Afastado aos poucos do poder, em 1935 foi preso sob a acusação de "responsabilidade moral" no assassinato de Kirov, sendo condenado a dez anos de prisão. Em 1936, acusado de tramar o assassinato de Stálin e de outros líderes do governo, no chamado primeiro processo de Moscou, foi condenado e executado no mesmo ano.

General Bertoldo KLINGER [Rio Grande (RS), 1884 – Rio de Janeiro, 1969] Militar. Participou da repressão à Revolta da Vacina (1904) e à Coluna Prestes. Chefiou militarmente a Revolução de 1932. Preso após a rendição das forças paulistas, foi exilado em Portugal, retornando ao Brasil, já anistiado, em 1934, e readmitido em 1947 pelo Exército brasileiro. Em 1964, apoiou o golpe militar.

LEGIONÁRIOS DO 5 DE JULHO A Legião Cívica 5 de Julho foi criada em 1931, com sede no Rio de Janeiro e uma filial em São Paulo. Seu nome era uma referência às duas rebeliões "tenentistas" de 1922 e 1924, ambas desencadeadas em 5 de julho. Seu objetivo principal era "pugnar pela obra de renovação política, social, cultural e econômica iniciada com as revoltas tenentistas de 1922 e 1924 e com a Revolução de 3 de outubro de 1930". Após 1930, as organizações criadas pelos "tenentes" foram se extinguindo não apenas pela perda de espaço para os partidos políticos, criados a partir do final de 1932, como também pelos conflitos entre os "tenentes" e a hierarquia do Exército brasileiro. A Legião 5 de Julho desapareceu em 1934 e muitos de seus membros ingressaram em outros partidos políticos.

Artur LEITE DE BARROS Júnior [Campinas (SP), 1892 – São Paulo, 1962] Advogado. Formou-se pela Faculdade de Direito de São Paulo em 1914, iniciando sua carreira na Polícia, em 1917, como delegado. Foi secretário da Segurança Pública do Estado de São Paulo por duas vezes: em agosto de 1934 e de 1935 a 1937. Sob esta última gestão desencadeou uma grande repressão à esquerda e aos opositores do governo no Estado de São Paulo.

LENINE Nome político adotado por Vladímir Ilítch Uliánov [Ulyanovski (ex-Simbirsk) (Rússia), 1870 – Gorki (Rússia), 1924] Advogado, político, escritor e teórico do marxismo, líder e militante do movimento socialista na Rússia e no exterior. Chefe da Revolução de Outubro de 1917 e fundador do Estado Soviético, presidente do Conselho dos Comissários do Povo após a Revolução de Outubro e do Comitê Central do Partido Comunista. Influenciou teoricamente os partidos comunistas de todo o mundo.

LUÍS APOLÔNIO [São Paulo, 1902 – ?] Membro do Serviço Secreto da Delegacia de Ordem Política e Social de São Paulo (DEOPS-SP). Começou sua carreira como investigador, passou pela chefia do corpo de investigadores e do serviço secreto, no qual era responsável pela arregimentação e contato com os agentes infiltrados. Muitas vezes Apolônio emprestava seus serviços a outras agências de repressão espalhadas pelo Brasil. Professor da Escola de Polícia de São Paulo a partir de 1954, quando estava instalada na rua São Joaquim, no bairro da Liberdade, e que mais tarde passou a se chamar Academia de Polícia, localizada atualmente na entrada do *campus* da Universidade de São Paulo (capital). Autor de *Métodos e táticas comunistas* e *Manual de polícia política e social*, ambos com várias edições pela referida instituição.

José MADEIRA DE FREITAS [Pseudônimo: Mendes Fradique, Alfredo Chaves (ES), 1893 – Rio de Janeiro, 1944] Médico, desenhista, caricaturista, escritor e pintor. Participou da Ação Integralista Brasileira (AIB), tendo sido chefe de propaganda da organização e diretor do jornal *A Ofensiva*. Após a tentativa de golpe do movimento integralista contra Vargas sofreu um derrame cerebral, cujas seqüelas o impediram de clinicar e lecionar. Caricaturista conceituado no meio artístico e na imprensa, teve seus trabalhos, inclusive de pintura, expostos em várias ocasiões e publicados em revistas e jornais brasileiros. Deixou também livros humorísticos.

Ermelindo MAFFEI [Itu (SP), 1907 – 1993] Advogado. Preso político. Formou-se na Faculdade de Direito de São Paulo em 1931. Militante do Partido Comunista do Brasil (PCB). Preso em São Paulo, em 27 de novembro de 1935, sem culpa formada, permaneceu detido cerca de treze meses. No Presídio Maria Zélia era um dos redatores do jornal manuscrito produzido pelos presos e ministrou disciplinas no curso de formação política que ficaria conhecido como "Universidade Maria Zélia". Posteriormente à sua libertação, prosseguiu em sua trajetória militante, destacando-se como advogado sindical e pela dedicação à história de sua cidade natal. Logo após a instauração da ditadura militar em 1964, foi processado e absolvido pela Justiça Militar.

MARCELINO SERRANO Dentista. Preso político. Militante do Partido Socialista Brasileiro (PSB) de São Paulo, de 1932 a 1935, tendo sempre manifestado simpatia pelo comunismo stalinista. Com outros companheiros entrou em 1945 na Esquerda Democrática, à qual cederam em 1947 a sigla do seu antigo partido. Foi um dos oradores, em nome do partido, na "Batalha da Praça da Sé", em 7 de outubro de 1934, onde se opuseram os integralistas e a esquerda de São Paulo. Preso na capital paulista em 4 de dezembro de 1935.

MÁRCIO MUNHOZ Chefe de Polícia.

MARECHAL DO EXÉRCITO HERMES Rodrigues DA FONSECA [São Gabriel (RS), 1855 – Petrópolis (RJ), 1923] Militar e presidente da República (1910-1914), quando derrotou o candidato Rui Barbosa. Participou da repressão à Revolta da Armada, em 1893, e da revolta contra a vacina obrigatória, em 1904. Foi ministro da Guerra no governo de Afonso Pena (1906-1909), quando introduziu uma ampla reforma no Exército, incluindo o serviço militar obrigatório. O seu governo foi marcado pela Revolta da Chibata e pela repressão e intervenções federais nos governos estaduais. Opositor de Epitácio Pessoa, foi preso em 1922, o que provocou reações dos jovens oficiais, dando início ao ciclo de revoltas tenentistas que agitariam o cenário político pelo resto da década de 20.

MÁRIO Sérgio CARDIM [Rio de Janeiro, 1888 – São Paulo, 1953] Advogado, professor e escritor. Formou-se na Faculdade de Direito de São Paulo em 1908. Um dos fundadores, entre outros, da Associação Brasileira de Escoteiros em São Paulo (1914), ao lado de Júlio Mesquita, diretor do *Estado de S. Paulo*. Participou da fundação da Federação Paulista de Tênis (1924). Fez parte da administração de Antônio Prado Júnior, prefeito do Rio de Janeiro (ex-Distrito Federal), no período de 1926-1930.

MÁRIO Xavier de Andrade PEDROSA [Timbaúba (PE), 1900 – Rio de Janeiro, 1981] Crítico de arte. Aderiu ao Partido Comunista do Brasil (PCB) em 1925, com o qual rompeu em 1929, iniciando a organização do movimento trotskista no Brasil. Em janeiro de 1931 fundou, ao lado de Aristides Lobo, Lívio Xavier e outros, a Liga Comunista do Brasil (LCB). Participou, em outubro de 1934, da conhecida "Batalha da Praça da Sé", que opôs a

Frente Única Antifascista (FUA) à Ação Integralista Brasileira (AIB), em São Paulo, quando foi ferido por um tiro. De 1938 a 1945 exilou-se na França e, posteriormente, nos Estados Unidos. Na década de 40, depois de se afastar do trotskismo, editou o jornal *Vanguarda Socialista*, tendo como companheiros de redação, entre outros, Geraldo Ferraz, Patrícia Galvão, Hilcar Leite e Edmundo Muniz, e participou do Partido Socialista Brasileiro (PSB), que foi extinto pelo golpe militar de 1964. Após o golpe, fixou-se no Chile e na França. Em 1977 retornou ao Brasil e participou da fundação do Partido dos Trabalhadores (PT).

João MATEUS Gráfico e militante trotskista. Preso político, foi detido em São Paulo em 26 de novembro de 1935, em processo comum com Aristides Lobo e Vitor de Azevedo Pinheiro, sob a acusação de propaganda comunista e de pertencer à Liga Comunista do Brasil (LCB). Fugiu, juntamente com Paulo Emílio Sales Gomes e outros quinze detentos do Presídio do Paraíso, em 10 de fevereiro de 1937.

Cristovão Colombo de MELO MATOS [Baependi (MG), 1873 – São Paulo, 1955]. Militar. Preso político. Em 1924, foi participante e um dos principais chefes da revolta tenentista, ao lado dos rebeldes comandados pelo general Isidoro Dias Lopes. Preso, permaneceu todo o tempo de prisão nos navios Cuiabá e Belmonte, no Rio de Janeiro. Em 1930, com a volta do general Isidoro, foi por ele nomeado comandante do 4º C. R. Insatisfeito com o caráter ditatorial que tomava o governo de Vargas, pediu demissão do cargo, em caráter irrevogável, começando a trabalhar junto aos diversos comandos da capital, do interior do Estado e do país em geral, como intermediário militar, para a volta da legalidade ao Brasil. Na Revolução de 1932 recebeu o comando da Praça Militar de Santos, onde permaneceu até o dia 2 de outubro de 1932. Terminada a Revolução, apresentou-se preso ao general Góis Monteiro, em companhia do general Isidoro, e assumindo toda a responsabilidade por seus atos durante o movimento, bem como de toda a conspiração. Foi exilado para Portugal em 1º. de novembro de 1932, a bordo do navio Pedro II, depois de um mês de prisão a bordo do Siqueira Campos. Ficou em Portugal até 1933, e voltou ao Brasil em 10 de agosto do mesmo ano, sem anistia. Já estava reformado como coronel quando foi preso em São Paulo, em 27 de novembro de 1935, ficando detido por mais de um ano nos Presídios do Paraíso e Maria Zélia.

Dorival OLIVA Bancário. Preso político, foi detido em São Paulo em 28 de novembro de 1935.

OS VETERANOS DA CLARK DE 1905 Menção aos trabalhadores da Companhia de Calçados Clark, situada na Mooca, que desde a data mencionada tiveram atuação importante em vários episódios da história dos trabalhadores da cidade de São Paulo.

OUTUBRO DE 1934 A criação da Ação Integralista Brasileira (AIB), em 1932, foi compreendida pela esquerda brasileira como sendo a constituição de uma organização de características fascistas que buscaria a conquista do poder, como ocorrera na Itália e ainda ocorria, principalmente, na Alemanha. Algumas forças de esquerda propunham a constituição de uma frente única como forma de barrar seu crescimento. Por ocasião das comemorações de seu segundo aniversário de fundação, os integralistas programaram um ato comemorativo na praça da Sé para 7 de outubro de 1934, ao qual estariam presentes dez mil milicianos. A Frente Única Antifascista (FUA), constituída por um grupo de forças de esquerda – Partido Comunista do Brasil (PCB), através de Hermínio Sacchetta, a Juventude Comunista, com Noé Gertel e Arnaldo Pedroso d'Horta, os trotskistas, representados por Fúlvio Abramo, em nome da Liga Comunista Internacionalista (LCI) (antes chamada Liga Comunista do Brasil), o Partido Socialista (PS), de Francisco Giraldes Filho e Zoroastro Gouveia, e os anarquistas – convocou a realização de uma "contramanifestação" para o mesmo local, data e horário. Para esta "contramanifestação" organizaram uma ação armada, pois os integralistas (camisas-verdes ou galinhas-verdes), comandados por Plínio Salgado, planejavam o mesmo. Os "tenentes" João Cabanas e Euclides Krebs, entre outros, articularam a ação armada que contou com o apoio de setores da Força Pública influenciados por Miguel Costa. A FUA impediu a comemoração dos integralistas, ocorrendo violento conflito armado, e que ficou conhecido como "Batalha da Praça da Sé", na qual houve 34 feridos e seis mortos.

PADRE CÍCERO Romão Batista [Crato (CE), 1844 – Juazeiro do Norte (CE), 1934] Sacerdote católico ordenado em 1870 e político. Obteve grande prestígio e influência sobre a vida social, política e religiosa do Ceará e do Nordeste. A partir de 1889 ocorreram manifestações de poderes milagrosos a ele atribuídos, que acabaram por fazê-lo entrar em conflito com a hierarquia da Igreja. Proibido de exercer suas funções eclesiásticas, ingressou na vida política. Foi eleito prefeito do recém-criado município de Juazeiro, em 1911. Ocupou também a Vice-Presidência do Ceará, em 1914.

PATRÍCIA Rehder GALVÃO (Pagu) [São João da Boa Vista (SP),1910 – Santos (SP),1962] Escritora, tradutora, cronista, diretora de teatro e jornalista. Presa política. Iniciou sua militância política em 1931 no Partido Comunista do Brasil [PCB], passando pelo Partido Socialista Revolucionário (PSR) e depois pelo Partido Socialista Brasileiro (PSB), sofrendo perseguições e prisões. Em 1931 foi presa no Cárcere Praça dos Andradas (SP), transformado posteriormente em centro cultural que leva hoje o seu nome. Em 1933 iniciou uma longa viagem, passando pelos Estados Unidos, Japão, China, União Soviética, Polônia, Alemanha e França, de onde foi deportada para o Brasil em 1934. Foi presa em São Paulo em 23 de janeiro de 1936. Condenada a dois anos de prisão, fugiu em 25 de outubro de 1937. Novamente detida, em 1938, no Rio de Janeiro, ficou encarcerada até julho de 1940. Colaborou em revistas e jornais, dentre os quais, *O Homem do Povo*, editado com Oswald de Andrade, e a *Vanguarda Socialista*, ao lado de Mário Pedrosa. Foi casada com Oswald de Andrade

(1930) e, em segundas núpcias, com Geraldo Ferraz (1940). Conheceu e conviveu com várias e importantes personalidades, brasileiras e estrangeiras, na área cultural e política. Tem importantes obras publicadas: *Parque industrial*; *A famosa revista*; *Verdade e liberdade*; *Safra macabra* e *Paixão Pagu: a autobiografia precoce de Patrícia Galvão.*

PEDRO Manuel DE TOLEDO [São Paulo,1860 – Rio de Janeiro,1935] Advogado, político, deputado estadual pelo Partido Republicano Paulista (PRP) (1895 e 1907) e diplomata. Participou do movimento republicano, tendo assumido interinamente, em 1889, o cargo de delegado e chefe de polícia de São Paulo. Em 1914, iniciou sua carreira diplomática na Itália, passando pela Espanha e Argentina. O tratamento cordial que dispensou aos exilados "tenentistas" desagradou o presidente Artur Bernardes, que ordenou sua volta ao Brasil. Este fato levou Pedro de Toledo a optar pelo afastamento da vida pública e o retorno ao exercício da advocacia. Em março de 1932, foi nomeado por Vargas interventor federal, o quarto a ocupar o governo do Estado de São Paulo, sendo aclamado governador civil da Revolução de 1932. Com a derrota de São Paulo, foi deposto, preso e exilado em Portugal, só retornando ao Brasil em julho de 1934.

PLÍNIO de Souza MORAES Diretor dos presídios do Paraíso e Maria Zélia, em São Paulo.

PLÍNIO SALGADO [São Bento do Sapucaí (SP), 1895 – São Paulo, 1975] Jornalista, escritor, professor, político, deputado estadual pelo Partido Republicano Paulista (PRP) (1928-1930), federal pelo Partido de Representação Popular (PRP) (1959-1965) e pela Aliança Renovadora Nacional (ARENA) (1965-1974). Em 1930, se opôs à candidatura de Vargas e, posteriormente, deu-lhe seu apoio, desenvolvendo intensa campanha contrária ao "liberalismo ortodoxo da Constituição de 1891", defendendo a necessidade de um Estado centralizado e forte, idéias desenvolvidas após seu contato com o fascismo na Itália. Em 1932, criou a Ação Integralista Brasileira (AIB). Em 1937, apoiou o golpe do Estado Novo, o que não impediu o fechamento da AIB, a qual recebeu o mesmo tratamento dispensado por Vargas às demais organizações. Em junho de 1939, após a derrota do Levante Integralista de 1938, exilou-se em Portugal, retornando ao Brasil em agosto de 1945. Reformulou a doutrina integralista e fundou o PRP. Apoiou o governo de Juscelino Kubitscheck. Foi um dos oradores da Marcha da Família com Deus pela Liberdade contra João Goulart, em São Paulo, apoiando o golpe militar de 1964. Ingressou na ARENA, pela qual teve mais dois mandados na Câmara Federal.

PROF. HERMANO SANTANA Professor de português e filólogo do Colégio da Bahia, em Salvador.

Miguel REALE [São Bento do Sapucaí (SP), 1910 – São Paulo, 2006] Filósofo, advogado, jurista, educador, poeta, escritor, tradutor e professor catedrático de Filosofia do Direito da Faculdade de Direito da Universidade de São Paulo (USP). Foi um dos líderes do integralismo no Brasil, ao lado de Plínio Salgado e Gustavo Barroso. Ocupou o cargo de secretário da Justiça do Estado de São Paulo, em 1947-1948 e 1963-1964, e o de reitor da Universidade de São Paulo (USP), nos períodos de 1949-1950 e 1969-1973. Membro das Academias Brasileira e Paulista de Letras, tem várias obras publicadas na área do direito e da literatura.

REGINALDO Xavier de Carvalho Bancário. Preso político. Militante do Partido Comunista do Brasil (PCB). Líder da primeira greve de bancários do Brasil ocorrida no Banco do Estado de São Paulo, sucursal de Santos, e na matriz de São Paulo, em 1932. No ano seguinte fundou o Sindicato dos Bancários de Santos. Foi dirigente do Comitê Antiguerreiro e Antifascista de Santos e da Coligação das Associações Proletárias de Santos. Como resultado de sua militância política e sindical acabou transferido pelo banco para Catanduva, onde foi preso em 30 de novembro de 1935 e enviado a São Paulo.

RENATO JUNQUEIRA Franco Auxiliar de Direção dos presídios do Paraíso e Maria Zélia, em São Paulo.

REVOLUÇÃO CONSTITUCIONALISTA DE 1932 As relações conflituosas entre o Partido Democrático (PD), que apoiara a Revolução de 1930, e o novo governo de Getúlio Vargas levaram ao rompimento das relações entre ambos no início de 1932. O PD julgava que a política exercida por Vargas, quanto à nomeação de interventores para o Estado e à composição de seu governo, retirava a autonomia dos paulistas. O rompimento promoveu a criação da Frente Única Paulista (FUP), que reuniu o PD e o Partido Republicano Paulista (PRP), que havia sido afastado do poder em 1930. A FUP tinha como principais bandeiras a constitucionalização do país e a restituição da autonomia a São Paulo. Ao mesmo tempo, iniciaram-se as conspirações para a deflagração de um movimento armado contra o governo de Vargas, agravadas pelas crescentes exigências formuladas pela FUP. Enfrentamentos armados, como o de 23 de maio, elevaram ainda mais a temperatura. Negociações secretas para obter o apoio à causa ou, ao menos à neutralidade, foram feitas com o Rio Grande do Sul e Minas Gerais Esta situação levou ao desencadeamento do levante em 9 de julho de 1932, que ficou conhecido como Revolução Constitucionalista de 1932. No entanto, além das defecções do Rio Grande do Sul e de Minas Gerais, o isolamento de São Paulo e o franco desequilíbrio entre as forças militares paulistas e federais acabaram levando à derrota dos paulistas e à sua rendição, em 2 de outubro de 1932. As principais lideranças constitucionalistas foram deportadas para Portugal, retornando após anistia concedida em 1934. Embora derrotada militarmente, a oligarquia paulista alcançou vários de seus objetivos, como a nomeação de um paulista civil como interventor (Armando de Sales Oliveira), a manutenção da data de eleições para a Assembléia Nacional

Constituinte e sua realização, e a manutenção da política de valorização do café. Getúlio Vargas, para se legitimar no poder, teve que compor politicamente com as forças conservadoras de São Paulo.

Oreste RISTORI [Empoli (Itália), 1874 – Firenze (Itália), 1943] Imigrante italiano, químico e militante anarquista. Preso político. Teve atuação destacada em sua cidade natal nos chamados "Motins do pão", protestos populares contra a carestia do pão, e desencadeados durante o primeiro semestre de 1898 por toda a Itália, o que provocou a sua fuga para a França, onde foi preso. Extraditado para a Itália, permaneceu confinado em várias cidades. Libertado em 1901, continuou a ser perseguido, o que o levou ao exílio na Argentina no início de 1902. Desembarcou no Brasil em 1904, vindo do Uruguai, e logo se tornou conhecido no meio operário de São Paulo pela sua intensa atuação política. Diretor-responsável pela publicação do principal periódico anárquico do país, *La Battaglia* (1904-1913). Com a decretação de sua prisão preventiva pela polícia, Ristori voltou à Argentina, em 1917. Iniciou um processo de aproximação com o comunismo após a Revolução Russa, sem que no entanto se transformasse em um militante. Em 1925, retornando ao Brasil, sua atuação destacou-se, sobretudo, pelo combate ao fascismo. Aproximou-se da Aliança Nacional Libertadora (ANL), sendo preso em 13 de dezembro de 1935 e deportado em maio de 1936. Não chegou a permanecer na Itália, fugindo para a Espanha, onde participou dos combates dos republicanos contra as forças franquistas, na guerra civil iniciada naquele ano. Ferido, passou a trabalhar na Rádio Popular de Barcelona. Com o início das perseguições dos comunistas aos seus opositores anarquistas e trotskistas em Barcelona, Ristori decidiu ir para Paris, em maio de 1937. Tentou retornar ao Brasil, mas acabou novamente expulso pelo governo francês em fevereiro de 1940. Anistiado de suas penas, passou a morar na cidade de Empoli. Preso, depois da queda de Mussolini, foi fuzilado pelas forças fascistas, em dezembro de 1943, em Florença.

Antonio SALEM [São Paulo, 1911 – ?] Advogado. Foi membro da Ação Integralista Brasileira (AIB). Formou-se na Faculdade de Direito da Universidade de São Paulo (USP) em 1936. Cursou Filosofia na Faculdade São Bento. Foi presidente do Clube Homs e do Clube Atlético das Bandeiras.

José Joaquim SEABRA [Salvador, 1855 – Rio de Janeiro, 1942] Jurista, professor da Faculdade de Direito de Recife, político, deputado para a Constituinte Estadual Republicana, deputado federal, senador, governador da Bahia por duas vezes, ministro da Justiça no governo de Rodrigues Alves e ministro da Viação de Hermes da Fonseca. Em janeiro de 1912, foi eleito governador da Bahia, alguns dias depois do bombardeio do centro de Salvador, ocorrido pela reação militar a uma crise política na sucessão estadual. Depois de apoiar a Revolução de 1930, passou à oposição do governo de Vargas. Elegeu-se deputado constituinte em 1933, permanecendo na Câmara dos Deputados até o seu fechamento pela ditadura do Estado Novo, quando encerrou sua vida pública.

SEBASTIÃO FRANCISCO [Brotas (SP), 1900 – ?] Pintor de paredes. Preso político. Entrou para o Partido Comunista do Brasil (PCB) em 1933. No ano seguinte, tornou-se militante profissional e encarregado da organização do Comitê Regional de São Paulo. Membro do Comitê Central do PCB, eleito na I Conferência Nacional de julho de 1934. Foi detido em 31 de janeiro de 1936, no mesmo processo de João Varlota, Augusto Pinto, entre outros, sob a acusação de agitação entre operários, fomento às greves e de tentativa de reorganização do PCB, além de porte de armas e material de propaganda.

SIDÉRIA Rehder Galvão [São João da Boa Vista (SP), 1918 – São Paulo, 1990] Irmã de Patrícia Galvão (Pagu). Professora. Presa em São Paulo, em 18 de janeiro de 1936, sob a acusação de propaganda comunista.

José SILVEIRA Bancário. Preso político, foi detido em Lins, em 5 de dezembro de 1935, constando em processos daquela cidade, Presidente Prudente e Penápolis, sob a acusação de intensa propaganda comunista, exercida até dentro da prisão.

Gusmão SOLER [Valencia (Espanha), ? – Vigo (Espanha), 1937] Pintor e militante anarquista. Preso político. Desembarcou no Brasil em 1926. Detido em Santos, em 9 de junho de 1936, foi expulso do Brasil em 7 de junho de 1937 e, doze dias depois, absolvido pelo Tribunal de Segurança Nacional.

SPENCER VAMPRÉ [Limeira (SP), 1888 – 1964] Advogado, jornalista, membro da Academia Paulista de Letras e do Instituto Histórico e Geográfico de São Paulo, jurisconsulto, professor catedrático de Introdução à Ciência do Direito na Faculdade de Direito da Universidade de São Paulo (USP). Em 1938, foi nomeado diretor dessa Faculdade, cargo no qual permaneceu apenas por um ano. Eleito, em 1923, deputado estadual e subprefeito da Lapa, em 1930. Com a renúncia de Plínio Barreto, em 1931, chegou a ser cogitado para o cargo de Interventor Federal.

Luís TAVARES DA CUNHA Delegado de Ordem Política do Departamento de Ordem Política e Social de São Paulo (DEOPS-SP).

Leon TROTSKY Nome político adotado por Lev Davídovitch Bronstein [Ianovka (Ucrânia), 1879 – Coyoacán (México), 1940] Líder bolchevique e teórico da "revolução permanente". Presidente do *Soviete* de São Petersburgo de 1905. Depois da Revolução de Outubro de 1917, participou ao lado de Lenine do núcleo central de poder, inicialmente como comissário das Relações Exteriores e depois como organizador do Exército Vermelho. Após a morte de Lenine e a ascensão de Stálin, caiu em desgraça. Foi exilado em 1929 e assassinado no México, a mando do ditador, em 1940.

João VARLOTA [? – São Paulo, 1937] Servidor público municipal (guarda-jardins) e militante do Partido Comunista do Brasil (PCB). Preso político, foi detido em 31 de janeiro de 1936. Nessa ocasião chegou a ser acusado por alguns militantes como traidor. Foi "reabilitado" na prisão e friamente assassinado pela polícia na tentativa de fuga do Presídio Maria Zélia, em 21 de abril de 1937.

VICENTE Paulo Francisco RAO [São Paulo,1892 – 1978] Jurista, professor da Faculdade de Direito da Universidade de São Paulo (USP) e político. Participou dos governos de Getúlio Vargas, como ministro da Justiça e dos Negócios Interiores (1934-1937) e das Relações Exteriores (1953-1954). Em 1930, apoiou a candidatura de Vargas à Presidência da República. Nesse ano, foi chefe de polícia de São Paulo, integrando o secretariado formado por João Alberto, indicado por Vargas como delegado da Revolução no Estado. Apoiou a Revolução de 1932 e, com a derrota do movimento, foi exilado na França. De volta, colaborou na formação do Partido Constitucionalista de São Paulo (PC), em 1934, fundado por Armando de Sales Oliveira. Nesse mesmo ano, participou da criação da Universidade de São Paulo (USP). Foi o responsável pela legislação repressiva do governo de Vargas a partir de 1935-1936: elaboração da Lei de Segurança Nacional, criação da Comissão Nacional de Repressão ao Comunismo, e também pelo fechamento da Aliança Nacional Libertadora [ALN]. Demitido da Faculdade de Direito, em 1939, por criticar o Estado Novo, voltou ao cargo apenas em 1941. Tem várias obras publicadas, destacando-se *O direito e a vida dos direitos*.

VIRGULINO LAMPIÃO [Virgulino Ferreira da Silva, Serra Talhada (PE), 1898 – Poço Redondo (SE), 1938] Foi o mais famoso cangaceiro da História do Brasil, inclusive pela sua violência e crueldade. Comandou um bando de cangaceiros, que roubava de comerciantes e fazendeiros no sertão nordestino. Lampião e outros companheiros foram mortos e decapitados pela Polícia Militar alagoana, as chamadas volantes, e suas cabeças expostas em praças públicas.

VITOR de Azevedo Pinheiro [Bariri (SP), 1905 – São Paulo, 1979] Jornalista. Preso político. Aproximou-se do comunismo em 1930. Em 1931 foi um dos fundadores da Liga Comunista do Brasil, dissidência do Partido Comunista do Brasil (PCB), onde permaneceu até 1934. Detido em 25 de novembro de 1935, fugiu juntamente com Paulo Emílio Sales Gomes e outros quinze detentos do Presídio do Paraíso, em 10 de fevereiro de 1937. Preso em 16 de agosto desse ano, no Rio de Janeiro. Libertado e preso várias vezes, foi condenado a um ano e meio de prisão, em maio de 1938, pelo Tribunal de Segurança Nacional. Autor de *Feijó: vida, paixão e morte de um chimango*.

Pascoal de VITTO [São Paulo, 1900 – ?] Marceneiro. Preso político. Era secretário de organização da Aliança Nacional Libertadora (ANL) no bairro do Brás, em São Paulo. Na sua residência era guardado o material da ANL. Detido em 2 de março de 1936, foi solto em 8 de outubro de 1936. Condenado a um ano de prisão pelo Tribunal de Segurança Nacional, em 27 de fevereiro de 1939. Novamente preso em 18 de julho de 1939, foi libertado em 16 de dezembro do mesmo ano.

ZINOVIEV Nome político adotado por Grigori Evséievitch Apfelbaum [Kirovograd (ex-Elizabetgrado) (Ucrânia), 1883 – Moscou (Rússia), 1936] Revolucionário e político soviético. Iniciou sua militância no movimento social-democrata da Rússia no final do século XIX, aliando-se posteriormente à sua facção bolchevique. Em outubro de 1917, juntamente com Kamenev, tornou pública sua discordância sobre a insurreição armada, permanecendo no entanto na direção do partido bolchevique. Dirigiu a III Internacional Comunista desde sua fundação, em 1919, até ser substituído em 1926 por Nikolai Bukharin. Após a morte de Lenine, aliou-se a Stálin e Kamenev para afastar Trotsky do poder. Em 1925, Zinoviev e Kamenev aliam-se com Trotsky e formam a Nova Oposição, que durou até fins de 1927. Duas vezes excluído do partido bolchevique, apesar de suas sucessivas "autocríticas", foi condenado à morte e executado ao final do primeiro processo de Moscou.

ZOROASTRO GOUVEIA [Irará (BA), 1890 – ?] Advogado, político, deputado estadual e federal. Formou-se em 1917 na Faculdade de Direito de São Paulo. No ano seguinte passou a advogar em Jaboticabal (SP). Preso em razão de sua participação nos episódios da "Revolução de 1924" naquela cidade. Foi um dos fundadores do Partido Democrático de São Paulo (PD), pelo qual se elegeu deputado estadual e, nessa condição, atuou na Câmara dos Deputados do Estado de São Paulo de 1928 a 1930. Com a Revolução de 1930 se aproximou dos chamados "tenentes", que impulsionaram a criação do Partido Socialista Brasileiro de São Paulo (PSB). Em 1932, foi um dos fundadores desse partido. Eleito deputado constituinte em 1933, atuou de 1933 a 1935 ao lado da chamada "Minoria Proletária", que se caracterizou pela defesa dos interesses dos trabalhadores. Ao final dos trabalhos constituintes tentou sem sucesso reeleger-se, não tendo, posteriormente, atuação em funções públicas e políticas. Considerado como um dos grandes oradores políticos do seu tempo.

ZWI MIGDAL Organização criminal, inicialmente denominada Sociedade Israelita de Socorros Mútuos "Varsóvia", e depois, Zwi Migdal, com personalidade jurídica outorgada pelo governo de Buenos Aires. Desde 1906, dedicou-se ao tráfico e à prostituição de mulheres européias (polacas, francesas e austríacas) no território argentino, mantendo-se através de relações informais com políticos, instituições judiciais e clientes poderosos. A queda dessa organização ocorreu em 1929, com a denúncia feita por Raquel Liberman, que exercia a prostituição num prostíbulo de Valentin Alsina.

FONTES

ABRAMO, Fulvio. "7 de Outubro de 1934 – 50 anos". *Cadernos CEMAP*, nº 1. São Paulo: out. 1984, pp. 3-73.

ABRAMO, Fulvio e KAREPOVS, Dainis (orgs.). *Na contracorrente da história. Documentos da Liga Comunista Internacionalista, 1930-1933*. São Paulo: Brasiliense, 1987.

ABREU, Alzira de Abreu *et alii* (orgs.). *Dicionário Histórico-Biográfico brasileiro pós-1930*, 5 v. Rio de Janeiro: FGV/CPDOC, 2ª ed., 2001.

ABREU, Laudelino de. Relatório apresentado pelo delegado corregedor de Polícia da Capital, Dr. Laudelino de Abreu, sobre as ocorrências verificadas no Presídio "Maria Zélia", na noite de 21 de abril, in *Assembléia Legislativa do Estado de São Paulo. Anais da sessão extraordinária (de 15 de fevereiro a 30 de junho de 1937)* V. II. São Paulo: Siqueira, 1952, pp. 1354-76.

ANDRADE, Oswald de. "A retirada dos dez mil". *A Platéia*, São Paulo, 23-24 jul. 1935, p. 3.

ANDREUCCI, Álvaro Gonçalves Antunes e OLIVEIRA, Valéria. *Cultura amordaçada: Intelectuais e músicos sob a vigilância do DEOPS*. São Paulo: Arquivo do Estado/ Imprensa Oficial do Estado, 2002.

BROUÉ, Pierre. *Communistes contre Staline. Massacre d'une génération*. Paris: Fayard, 2003.

——. *Histoire de l'internationale communiste, 1919-1943*. Paris: Fayard, 1997.

——. *Trotsky*. Paris: Fayard, 1988.

CALIL, Carlos Augusto e MACHADO, Maria Teresa (orgs.). *Paulo Emílio: um intelectual na linha de frente*. São Paulo: Brasiliense, 1986.

CAMPOS, Augusto de. *Patrícia Galvão Pagu. Vida-Obra*. São Paulo: Brasiliense, 1982.

CHALMERS, Vera M. *3 linhas e 4 verdades: o jornalismo de Oswald de Andrade*. São Paulo: Duas Cidades/Secretaria da Cultura, Ciência e Tecnologia do Estado de São Paulo, 1976, pp. 134-42.

COUTINHO, Afrânio e SOUSA, J. Galante de. *Enciclopédia de literatura brasileira*.

2 v. São Paulo/Rio de Janeiro: Global/Fundação Biblioteca Nacional (Departamento Nacional do Livro)/Academia Brasileira de Letras, 2ª ed., 2001.

DIAS, Everardo. *História da lutas sociais no Brasil*. São Paulo: Edaglit, 1962.

FERRAZ, Maria Heloisa Corrêa de Toledo. "O pioneirismo de Osório César", in *Arte e inconsciente: três visões sobre o Juquery*. São Paulo: Instituto Moreira Salles, s.d., pp. 11-19.

FLORINDO, Marcos Tarcísio. *O Serviço Reservado da Delegacia de Ordem Política e Social de São Paulo na Era Vargas*. Dissertação de mestrado. Franca: UNESP/FCL, 2000 (mimeogr.).

FONSECA, Maria Augusta. *Oswald de Andrade: biografia*. São Paulo: Art, 1990.

FURLANI, Lúcia M. Teixeira. *Croquis de Pagu e outros momentos felizes que foram devorados reunidos*. Santos/São Paulo: Unisanta/Cortez, 2004.

GALVÃO, Patrícia Rehder. *Paixão Pagu: a autobiografia precoce de Patrícia Galvão*. Rio de Janeiro: Agir, 2005.

JEIFETS, Lazar S, JEIFETS, Victor L. e HUBER, Peter. *La Internacional Comunista y América Latina, 1919-1943. Dicionário biográfico*. Genebra: Instituto de Latinoamérica de la Academia de las Ciências/Institut pour l'histoire du communisme, 2004.

KAREPOVS, Dainis. *Luta subterrânea: O PCB em 1937-1938*. São Paulo: Hucitec/UNESP, 2003.

KHOURY, Yara Aun. *As greves de 1917 em São Paulo e o processo de organização proletária*. São Paulo: Cortez/Autores Associados, 1981.

KOIFMAN, Fábio (org.). *Presidentes do Brasil*. São Paulo: Cultura, 2002.

MAFFEI, Eduardo. *A batalha da Praça de Sé*. Rio de Janeiro: Philobiblion, 1984.

—. *A morte do sapateiro: A saga dos anos 30*. São Paulo: Brasiliense, 1982.

MARQUES NETO, José Castilho. *Solidão revolucionária. Mário Pedrosa e as origens do trotskismo no Brasil*. São Paulo: Paz e Terra, 1993.

MARQUES NETO, José Castilho (org.). *Mario Pedrosa e o Brasil*. São Paulo: Fundação Perseu Abramo, 2001.

MELO, Luís Correia de. *Dicionário de autores paulistas*. São Paulo: Comissão do IV Centenário, 1954.

MONTENEGRO, Benedicto e WEISSOHN, Alberto Aguiar (orgs.). *Cruzes paulistas. Os que tombaram, em 1932, pela glória de servir São Paulo*. São Paulo: Campanha Pró-Monumento e Mausoléu ao Soldado Paulista de 32, 1936.

"O Presídio Maria Zélia". CADERNOS CEMAP, nº 2, mai.1985.

PARRA, Lucia Silva. *Combates pela liberdade: O movimento anarquista sob a vigilância do DEOPS/SP (1924-1945)*. São Paulo: Arquivo do Estado/Imprensa Oficial do Estado, 2003.

PIZANI, Antonio Carlos. *Aspectos políticos do convívio acadêmico nas arcadas: reflexões sobre o papel da Burschenschaft – 1889/1930*. Dissertação de mestrado. Educação/CECH-Centro de Educação e Ciências Humanas. São Carlos: URSCar, 1989, 424 p.

"Recebeu um tiro pelas costas dentro de um bar. A morte do estudante Décio Pinto de Oliveira". *Correio de S. Paulo*. São Paulo, 8 out. 1934, p. 2.

RODRIGUES, Edgar. *Os companheiros*. 5 v. Rio de Janeiro/Florianópolis, VJR/Insular, 1994-1998.

ROMANI, Carlo. *Oreste Ristori, uma aventura anarquista*. São Paulo: Annablume, 2002.

SILVA, Suely Braga da (coord.). *Os presidentes da República: guia dos acervos privados*. Rio de Janeiro: FGV/CPDOC, 1989.

SOUZA, José Inacio de Melo. *Paulo Emílio no Paraíso*. Rio de Janeiro: Record, 2002.

TAVARES, Rodrigo Rodrigues. *O Porto Vermelho: A maré revolucionária (1930-1951)*. São Paulo: Arquivo do Estado/Imprensa Oficial do Estado, 2001.

VIANNA, Marly de A. G. "As rebeliões de novembro de 1935". *Revista Novos Rumos*, nº 34, São Paulo, 2001, pp. 1-40 (encarte).

VIEIRA, Antônio. *Maria Zélia. Mártires do monstruoso Presídio: Augusto Pinto, João Varlota, Naurício Mendes e José Constâncio da Costa*. São Paulo, s.c.p., 2ª ed., 1957.

POSFÁCIO

Ver eu li e reli, (copiei até) e continuo lendo — minha vida está (1)

dependendo desse bosta — mas é que ~~não entendo~~, entendo mal, confundo, me perco. Que cemitério é esse porque cemitério só se ~~está~~ (parte) cheio de gente viva, ~~conhecida e desconhecida~~ (uma parte está [illegible]), ~~Todos eles~~ (Tem os) (andam) que (para os) jornais, mandando cartas (ao editor), escrevendo ou aparecendo para discutir, protestar, como se não bastasse ~~a parentela~~ (a família) [illegible] ~~e parentela, os netos~~ e filhos (dos) (e netos) dos mortos ~~[illegible]~~ filhos de gente que não tem ninguém nesse cemitério mas (parecem, como dizem,) desagravar S. Paulo: são os que mais ~~gritam~~ berram. Cemitério? Não tem cemitério nenhum nesse livro maldito, a palavra não aparece uma só vez nas 500 páginas, eu sei porque procurei ~~[illegible]~~. Só está na capa, em letras roxas enormes, (mas até não se mostram antes): Os ~~[illegible]~~ (cinquenta) desenhos do Baldino, ~~com~~ com túmulos entreabertos, corpos perfilados e uma cara de defunto, ~~[illegible]~~ (mais muito, sobretudo o defuntinho misterioso) sem ~~um~~ [illegible] com o nome do editor. Não se vê, fui procurando. Pois procuraram, (mandaram) e até disso me ~~[illegible]~~ culpam, eu ouvi aquele careca de língua preta da televisão, ~~[illegible]~~ me olhando e chamando a atenção para a perfídia do desenho, parece que o defuntinho lembra o mais (digno e) ilustre dos paulistas. ~~Mais [illegible]~~, Mas é um nunca acabar! Não é possível que haja tanto paulista ilustre (e digno) assim, cada ~~um~~ cara que aparece atacando ~~o livro é para~~ o livro — e já são dezenas (e aumentam cada dia —) é para defender a memória de um morto ou a dignidade de um vivo, todos paulistas, todos ilustres, todos dignos, todos insuspeitáveis. Ora bosta, já estou percebendo muita vigarice em toda essa ~~atividade~~ confusão. Cemitério tem muita gente, mais de ~~[illegible]~~ duzentos, eu contei, ~~[illegible]~~ (estou fazendo) ficha de cada um, ver se ponho ~~[illegible]~~ ordem nessa ~~[illegible]~~ trepidação. Será possível que toda essa gente existiu ou existe ~~[illegible]~~ e todos paulistas ilustres, não posso. Tem uns (pelo menos) que não são nada disso, ou melhor

O CADERNO DE PAULO EMÍLIO

Seja bem-vindo, Paulo, este caderno é seu,
considere-se na sua vida.

Paulo Emílio escrevia à mão. Em folhas avulsas ou em cadernos escolares. O que contém o texto inconcluso do "Cemitério" abriga ainda anotações para a argüição de uma tese universitária, sobre seus alunos em 1976 do curso de Cinema da ECA, sobre o laboratório da Cinemateca Brasileira, o rascunho de uma carta em francês, notas esparsas, recolhidas no cotidiano: "salário não é competente, diz motorista de ônibus na TV", recortes de jornal, um deles sobre a obra de Paulo Leminski, em que o poeta, em nome da "subversão mágica do mundo", critica a literatura burguesa e os críticos marxistas, que ele chama de "esquerdofrênicos". Paulo Emílio sublinha no recorte a palavra "mágica" e acrescenta ironicamente: "of course". O caderno de Paulo Emílio era o refúgio de sua intimidade. Acolhia suas memórias e os estímulos do cotidiano. Rascunho de vida.

O manuscrito não tem título,[1] como não tem nome seu personagem principal. "Cemitério" é um texto sobre um livro homônimo.[2] Sua publicação inadvertida, de responsabilidade de um editor oportunista, revolve certos episódios da vida oficial paulista, e oferece um ponto de vista pouco lisonjeiro da sua trajetória política. Não poupa mitos (Revolução Constitucionalista de 1932), "fazer revolução sozinho é [coisa] de bobo", nem personagens históricos hoje idealizados, como Armando de Sales Oliveira. O governador que criou a Universidade de São Paulo tolerou a repressão política desencadeada ferozmente pela polícia após o frustrado golpe comunista de 1935. Militante político precoce, Paulo Emílio Sales Gomes foi testemunha dessa violência.

O texto do "Cemitério" ocupa 58 páginas geralmente ímpares; as pares foram reservadas pelo escritor às interpolações, anotações em paralelo. Sua escrita se deu em dois momentos: um breve "primeiro jato" em 25 de novembro de 1973, e a seqüência retomada em Águas de São Pedro, nas férias de janeiro de 1976.

Estima-se que a primeira incursão do autor no campo da ficção, *Três mulheres de três PPPês*, tenha sido escrita por volta de 1973. Publicada em 1977, desde então vem recebendo inúmeras manifestações de apreço crítico. A crer nessa datação, "Cemitério" seria posterior a *Três mulheres*. Como gênero é híbrido, mescla imaginação e confidência. Talvez seja justo classificá-lo autobiografia como ficção: "a vida pode passar para os livros...".

O expediente literário de Paulo Emílio é multiplicar as vozes que dizem o seu texto. Inicialmente fala uma espécie de contínuo da editora que publicou o livro *Cemitério*, homem do povo, migrante nordestino, oriundo de Feira de Santana, na Bahia. Esse pau para toda a obra é estranhamente também o

---

1. A etiqueta da página de abertura do caderno de Paulo Emílio ostenta a informação: "OGC (já tem 8 folhas soltas do comecinho, dobradas dentro do caderno)". O que abreviaria a sigla OGC? "O Grande Cemitério"?
2. O título do presente livro será grafado entre aspas; o do livro do qual se fala no texto, em itálico.

responsável pelas publicações da editora. Às funções de contínuo acumula as de leitor de originais, revisor e editor.

Como o *Cemitério* provoca muita polêmica, sobretudo entre as ilustres famílias de São Paulo, que se sentiram desabonadas, a editora está pressionada e a responsabilidade recai sobre os frágeis ombros de nosso personagem. Sua falta foi não avaliar corretamente o controverso texto encaminhado por um tal de "J. de Costas", suposto autor do *Cemitério*.

Revolta-se contra o livro, que pode levá-lo à barra dos tribunais, nem compreende seu título, por que *Cemitério*, se entre seus personagens tem gente viva ainda? O movimento para desagravar São Paulo, por meio de cartinhas de leitores ao *Jornal da Tarde*,[3] o desconcerta: "Não é possível que haja tanto paulista ilustre e digno assim". Passa a escrever no caderno para se "defender", precisa "pôr ordem na cabeça e na vida".

A cena é implausível, vê-se logo, o terreno é o da farsa, da derrisão, da autoironia, muito caro a Paulo Emílio. O narrador baiano havia obtido reconhecimento do patrão Silveira pela publicação de *O defunto assassino, O assobio do esqueleto, O drácula de Vila Clementino*, sucessos da editora, de autores desconhecidos. O tal drácula mora na rua Mário Cardim, onde Paulo Emílio habitou quando voltou de Paris, nos anos 1950, num apartamento apelidado "Os sapos". Como Paulo Emílio, o baiano padece de gota, e por este motivo anda com dificuldade. O recurso recorrente do biografismo, no caso autobiografismo, é mais uma vez acionado.[4]

---

3. Paulo Emílio manteve uma coluna de cinema no *Jornal da tarde*, de 10 de abril a 10 de maio de 1973. A partir dessa data foi dispensado. Segundo seu depoimento, o jornal alegou interesses contrariados do comércio cinematográfico. Paulo Emílio em sua coluna havia ironizado a concessão do prêmio 'Amigo do Cinema Brasileiro' a Paulo Sá Pinto, exibidor ligado aos interesses do filme estrangeiro. Cf. a biografia escrita por José Inacio de Melo Souza, *Paulo Emílio no Paraíso*. Rio de Janeiro: Record, 2002, p. 528.
4. V. Zulmira Ribeiro Tavares, "Biografismo em Paulo Emílio: simplicidade e ardil", in Maria Teresa Machado e Carlos Augusto Calil (org.), *Paulo Emílio um intelectual na linha de frente*. São Paulo/Rio de Janeiro: Brasiliense/Embrafilme, 1986, p. 343.

Outra mania do autor é associar fatos relevantes a tolices, mantendo o tom impostado. A chancela provém de uma obscura teoria do acaso. O efeito no leitor é ambíguo, não se percebe de imediato a falseta, mesmo que soe absurdo.[5]

> O general Baden Powell, modelado pelo remo e pela ducha escocesa, fez misérias na África do Sul por conta da Rainha Vitória e contra os piores de depois. Voltando, se arrependeu e criou o escotismo. No Brasil um dos largadões de antigamente gostou, ele se chamava Mário Cardim, o nome da rua de Vila Clementino onde morava o vampiro, *reparem como tudo cruza*. Rapidamente São Paulo e Rio encheram-se de meninos com caçarolas, gravetos e canivetes e um deles cresceu, casou e teve um filho que chamou Baden Powell, que escreveu linda música e cujo nome será placa no Rio... (grifo meu).

As substituições das vozes narrativas ocorrem suavemente por deslizamentos.[6] O primeiro deles se dá entre o contínuo/editor e Santos-Dumont. O narrador procura acompanhar os movimentos do herói da aviação que sobe a Serra do Mar quando o personagem adquire autonomia de primeira pessoa e interpela o motorista: "– A natureza é forte, Deolindo".

Santos-Dumont viaja ao encontro de Pedro de Toledo, o governador dos paulistas rebelados em 1932. A urgência de Santos-Dumont, na reunião dos enfatiotados, é a de eximir-se da responsabilidade do uso militar da aviação, "antes de esquecer e ser esquecido". Cuida pela última vez de zelar pelo legado que deixará à posteridade.

---

5. V. Roberto Schwarz, "Sobre as *Três mulheres de três PPPês*", in *Três mulheres de três PPPês*. São Paulo: Cosac Naify, 2007, pp. 124-46.
6. Os deslizamentos da voz narrativa eram quase imperceptíveis no manuscrito. Apenas no seu início, Paulo Emílio indicava com aspas a mudança do narrador. O estabelecimento do texto levou o organizador a decidir-se pela explicitação das vozes, o que tornou a exposição mais inteligível.

O narrador principal logo está de volta ao proscênio para nos descrever o encontro com as imagens de um filme natural silencioso.

Sem motivo aparente, Santos-Dumont menciona o personagem da "Águia de Haia", onipresente na vida brasileira: "– Um jornalista escreveu que sou o Rui Barbosa do ar". A dupla de bem-sucedidos fracassados desde sempre fascinou Paulo Emílio. Para compreendê-los, cunhou uma de suas expressões mais emblemáticas: o "bode exultório", por oposição a bode expiatório.

> É uma perda de tempo imaginar o que teria acontecido se Santos-Dumont tivesse recebido a missão de fabricar aeroplanos no Brasil, na década de vinte. Mas o fato de Rui Barbosa não ter conseguido eleger-se presidente da República deve reter nossa atenção, pois confirma a idéia de que a função desses homens não era a de resolver problemas nacionais e sim a de serem admirados, não eram messias, mas astros. Se fosse permitido inventar uma expressão útil, eles poderiam ser definidos como *bodes exultórios*.[7]

A adesão popular sempre pendeu para o bacharel baiano, representante das virtualidades do povo brasileiro, prova da capacidade de superar suas limitações, seu notório complexo de inferioridade, como atesta o "Cemitério": "A águia mirrada voou muito mais... que o Santos-Dumont em Bagatelle".

A técnica do deslizamento do foco narrativo torna-se estratégica. Permite a Paulo Emílio dar voz a personagens estranhos ao seu universo intelectual e político: o tipo popular, que avalia com perplexidade os episódios do *Cemitério*, por cuja publicação é responsabilizado; o coronel Daniel, irmão de Miguel Costa que, às voltas com grafologia, ainda se lembra da cena do teatro no presídio Paraíso, em que Paulo Emílio encenou a fábula da raposa e da

---

7. Paulo Emílio, "O gosto da realidade", artigo publicado em 31 de dezembro de 1960, reproduzido em *Crítica de cinema no Suplemento Literário*. Rio de Janeiro: Embrafilme/Paz e Terra, 1982, vol. II, pp. 305-06.

coruja; e o ministro Vicente Rao, inspirador da introdução da violência como método de repressão política:

> As cortinas de púrpura do tribunal abafavam qualquer ruído exterior e todos olhavam para o juiz esperando suas ordens. Ele não se apressou para inspirar confiança não só a mim mas igualmente à parte contrária e deu a palavra a Vicente Rao. Ele falou lentamente mas com segurança como homem acostumado com aquelas considerações. "Depois que tudo aconteceu, os amigos se aproximavam de mim na praça do Café ou na rua 15 e diziam 'é malhar e malhar até pelo menos arrebentar o fígado', não é assim, Rao? Eu me zangava, naturalmente, e eles, desapontados, explicavam que estavam brincando, quem é que acredita que eu seria capaz de uma coisa dessas, se eu mesmo não acredito quanto mais os amigos que não conhecem a vida e o mundo como eu."

Luís Apolônio, o investigador que se tornou professor da Academia de Polícia, cujo comportamento contrastava com o do colega sádico que acabou seus dias no hospício do Juqueri, comparece no "Cemitério" com a sua versão:

> "Fui sempre um moderado, essa foi sempre a opinião de meus superiores, colegas, parentes e a minha. Nunca levei nada às últimas conseqüências, esse *Cemitério* sabe pouco de minha vida, quando a pedido eu mandava parar de bater e lhes dava um caneco d'água diziam muito obrigado e eu 'não tem de quê'."

Ele é possivelmente a fonte de inspiração para a composição do detetive que Ermengarda contrata para espionar Polydoro, em *Três mulheres de três PPPês*:

> Por ter se recusado a bater em presos, ficara relegado a uma posição de inferioridade um tanto ridícula diante dos colegas, alguns dos quais adquiriram mais tarde tanto prestígio que chegaram a ter os nomes estampados

> na imprensa estrangeira. Acrescentava, com uma ponta de inveja, que judiar de rapazes e sobretudo de moças – era pai de meninas – incapazes de se defender era contra a sólida formação que a família lhe proporcionara com sacrifícios.[8]

Os contornos entre lembrança e fantasia tornam-se cada vez mais tênues. A memória pessoal, no caminho do ressentimento político, segue avalista da criação. A dura acusação a Vicente Rao, só agora revelada, provém de um episódio da história familiar de Paulo Emílio, que ele anuncia indiretamente, na voz do narrador do "Cemitério", mas que, em vista do tom pessoal, já se percebe ser a dele própria.

> O homem chamava Adalberto Neto e viajara com a esposa e uma amiga do casal. De noite Vicente Rao, que os paulistas tinham mandado para servir de ministro do dr. Getúlio, veio jantar no hotel e conversa vai conversa vem com vinho ele contou. [...] "Não adianta só prender porque soltam e eles têm tempo para ir fazer a greve. Eu mando prender e malhar, mas malhar muito, de maneira que eles vão soltos para a cama e até sarar não houve greve ou então a greve acabou." Quem ouviu tudo bem foi d. Gilda, a amiga do casal, mãe de dois filhos e mãe não mente, eu nunca faria a minha mentir depois de morta.

O filho de d. Gilda adentra no "Cemitério" como personagem, junto a seus colegas de temporada no Paraíso. E logo estamos na platéia do "teatrinho à-toa" em que Paulo Emílio interpreta a raposa que assedia a coruja e é por ela repelida, numa cena maliciosa e divertida. O Teatro Popular Maria Zélia, antes de ser destruído pela invasão policial, viu a estréia de *Destinos*, peça moralista de Paulo Emílio, cujo texto só foi recuperado após a morte do autor.[9]

---

8. Op. cit., pp. 51-52.
9. V. Décio de Almeida Prado, "Paulo Emílio na prisão", e a própria peça *Destinos*, reproduzidos nesta edição.

Paulo sobrevive ainda algum tempo como personagem – testemunha dos fatos ocorridos no presídio, na lembrança do policial moderado, na crônica sentimental da Salvador de 1933, onde se apaixonou por Doya, que atendia no *Dolly's* –, mas o fluxo crescente das evocações da juventude estimula o narrador baiano a convidá-lo a assumir a condução do relato, numa bela passagem:

> As possibilidades, porém, aumentam muito, meu caderno. Tem você, tenho eu, o *Cemitério* e agora Paulo. Juntos e mais aqueles que também pensam, agem ou escrevem, será menos penosa a procura de São Paulo e do povo, todos dizendo cada um, uns retomando quando os outros cansam, como fizemos o buraco de dez metros no Paraíso e fomos embora na quarta-feira de Cinzas de 1937. Seja bem-vindo, Paulo, este caderno é seu, considere-se na sua vida.
>
> "Eu não sou de Feira nem da Bahia, nasci na Frei Caneca mesmo mas tenho avô baiano e pernambucano e as avós vieram de Pelotas, RS, ou dos subúrbios de Manchester, paulista não há. Calça comprida recente, soldado voluntário da Cavalaria Civil da Força Pública em 32, nas madrugadas acertando lâmpadas da iluminação pública e às tardes fardado na rua Direita ansioso por cruzar oficiais a fim de lhes bater continência, disciplina e respeito podem ser gozo."

Ao assumir finalmente a identidade, o narrador dá curso à autobiografia do militante precoce. O caderno é o depositário das confidências inéditas de amores secretos: a primeira namoradinha em Sorocaba, a corte do adolescente à baiana Doya nas marinetes de Salvador, a paixão do rapazote de 20 anos por Patrícia Galvão, ex-mulher do guru Oswald de Andrade.[10]

---

10. Paulo Emílio aqui evoca o episódio ocorrido com Guilherme de Almeida: vinha distraído quando foi atropelado por uma beleza selvagem, que acabava de descer a escada escorregando pelo corrimão, na Escola Normal do Brás. "Guilherme contemplou longamente, calado e arrasado, a beleza que inutilmente perseguira e perseguiria na facilidade cansada da poesia." O autor repetia com prazer renovado esta história aos seus interlocutores privilegiados.

"Mas como é que o *Cemitério* sabe de tanta coisa que aconteceu até comigo?"

No "Cemitério", as memórias sentimentais convivem com as memórias políticas. Mas a intensidade e a emoção pendem para as políticas. A cena do enterro de Décio Pinto de Oliveira, assassinado pela polícia no confronto da praça da Sé entre comunistas e galinhas-verdes, em outubro de 1934, é em termos estéticos a mais bem-sucedida do livro.

A caracterização do clima de revolta, a tensão permanente, a distribuição dos grupos no teatro funerário, a reconstituição dos discursos, a emoção controlada do narrador, tudo converge para um grande momento político, que as palavras não podem trair. Paulo Emílio aqui condensa a forma apurada num contexto de alta densidade política, graças aos efeitos cinematográficos que habilmente agencia. Para a geração posterior, corresponde ao dramático conflito do enterro de Vladimir Herzog. A decisão do rabinato de não enterrá-lo na quadra dos suicidas foi a primeira e inesperada denúncia do bárbaro assassinato do jornalista.

"Hoje eu gosto de pensar que naquele dia jurei que se dependesse de mim Décio Pinto de Oliveira não seria esquecido. Sou pessoal e transferível." [...] "Tudo isso é da vida e poderia ter virado livro." Frases reveladoras da disposição do autor de enfrentar no campo da representação o ressentimento político de sua geração. Por intermédio de memórias indiretas, ele aborda ao mesmo tempo a perspectiva pessoal, marcada pela origem de classe, e a formação específica, a questão geracional e de grupo, posta em termos dos embates políticos entre a esquerda, comunista ou independente, e a direita, fascista ou liberal, frente ao objeto permanente de sua construção política, o povo, elemento ausente da história brasileira. Paulo Emílio, no seu último esforço intelectual de fôlego, está à procura de "São Paulo e do povo".

Sua posição valoriza a ação política e a disposição do combate, mesmo que implique o reconhecimento do adversário, "não sendo meu propósito indignar a juventude integralista de 1934, preferindo dignificá-la...". Paulo Emílio pensa e age politicamente. Dialoga com o adversário, enquanto despreza a indiferença simpática. O "Cemitério" vai assim naturalmente escrevendo o réquiem de uma geração que investiu no político e perdeu o bonde da história.

> Quando a violência inútil impede que a revolução frutifique, surgem situações que evocam a do monstro Eumergue, personagem mitológico inédito, que passou muitas décadas no ventre materno, feto adulto, cabeludo, dotado de enormes unhas, de consciência, e que conheceu a luz do dia para morrer.[11]

A procura do povo, errática e inocente, é responsável por algumas das situações patéticas dessas memórias discretas. Deolindo, o velho motorista de Santos-Dumont, portador da suavidade negra, acaba "esquecido na garagem do palácio [...] por todos, na sua fidelidade ao mais branco, instante de estirpe ignorada que fez pulsar a terra, a cidade e o ar". O outro personagem popular, este de primeira plana, nosso narrador/editor, observa, no ambiente familiar, que

> Claudina e Rosália[12] lavam roupa, inclusive a minha, ou na cozinha ao lado preparam uma sopa de que gosto. Elas cantam música do rádio mas sem estardalhaço e eu olho para o cimento e para a roupa estendida no varal. *Nessas ocasiões eu tive uma vez a impressão de ter visto o povo,* mas não tinha certeza porque a distração foi interrompida... (grifo meu).

Na antecipação paranóica do seu futuro diálogo com o juiz no tribunal, o narrador baiano declara que "o povo é gente boa"; "o povo é muito"; "o povo existe quando a gente fica distraído ou contrariado". Do ponto de vista histórico,

---

11. Paulo Emílio, "Uma revolução inocente", in *Crítica de Cinema no Suplemento Literário*, op. cit., vol. II, p. 325.
12. Os nomes da mulher e da filha oscilam ao longo do texto. A mulher ora é Claudina, ora Cláudia, ora Malvina. No início, a preferência do autor recai sobre Claudina ou Cláudia; no final, sobre Malvina. O nome da filha ora é Rosália; às vezes, Rosalina. Na fixação do texto adotaram-se as formas Claudina e Rosália. Mas poderiam ter sido escolhidas Malvina e Rosália. De qualquer modo, era preciso manter a assonância ina/ália.

dr. Getúlio [...] "de tudo foi perdoado porque amou o povo". O caderno retém uma imagem favorável de outra figura proeminente da Revolução de 1930, o general Miguel Costa: "ele ficará na doçura de seus olhos claros e luminosos que amaram, mas não armaram, o povo".

Paulo Emílio era sensível ao desencontro do povo brasileiro com suas lideranças políticas. Desencontro que muitas vezes derivou para um desentendimento, a despeito das boas intenções.[13] Em nome do povo, fala-se de uma entidade abstrata, impalpável, cujos anseios são freqüentemente incompreendidos, quando não inaudíveis. Como o Santo Graal, importa menos a possibilidade do encontro, remoto e improvável, que a necessidade da busca. Para o personagem popular de "Cemitério",

> Dr. Rui, como os drs. Getúlio e Luís Carlos Prestes, como d. Pedro e Floriano, procurou o povo e não encontrou, como o senhor, o *Cemitério*, o caderno e eu, procuramos, não encontramos, e nem vamos encontrar. É procurando que o povo vai existindo e quando existir mesmo não haverá precisão de procura.

A procura de São Paulo é ainda mais penosa. O profundo sentimento antipaulista já foi analisado recentemente no posfácio à reedição de *Três mulheres de três PPPês*, por esta mesma editora.[14] Não há necessidade de retomá-lo nos termos ali propostos, mas a partir daquela posição. No "Cemitério", a novidade não está na reiteração, e sim na atenuante.

> Eu desconfio que fiz minha descoberta agora, a de que São Paulo não tem nada que ver com os paulistas, o que me trouxe tranqüilidade.

---

13. No "Cemitério", entre autor e personagem há uma diferença insuperável: "nosso único terreno comum é esse *Cemitério* que a mim [Paulo] apenas surpreende mas que para ele é um problema prático".
14. Carlos Augusto Calil, "Contra São Paulo", in *Três mulheres de três PPPês*, op. cit., pp. 179-97.

São Paulo acolhe os migrantes e os imigrantes; os paulistas os discriminam. São Paulo adere a Getúlio, reconhecendo-se parte integrante do Brasil; os paulistas rejeitam o País, seu estado é a "locomotiva que puxa os vagões vazios". "São Paulo não é *O Estado de S. Paulo*."

O jornal e o grupo político reunido em torno dele, no qual desponta Armando de Sales Oliveira, são o verdadeiro objeto da crítica ideológica de Paulo Emílio. Para nomear e configurar o adversário, chega a cunhar um neologismo: "paulistas armandados", gente do Partido Democrático. O autor fustiga o bovarismo local, "os paulistas pensam que o Brasil inteiro tem obrigação de saber o que fazem".

Na disputa política entre esses paulistas e o governo federal, Paulo Emílio ficou com o general Miguel Costa, que foi "quem explicou para dr. Getúlio que não devia entregar São Paulo para *O Estado de S. Paulo*". Miguel Costa e Getúlio "desconheciam o dragão paulista".

No acerto de contas entre história e biografia, o "Cemitério" revela que "no Café Napolitano em Paris perguntaram ao Armando, na presença de Júlio de Mesquita Filho, se ele sabia [da tortura praticada pela sua polícia], respondeu que soube depois".

Pelo depoimento de Décio de Almeida Prado, amigo de infância, sabe-se que ele e Paulo Emílio encontraram-se com Armando de Sales Oliveira no apartamento deste em Paris, num jantar em 1938, na presença de toda a cúpula exilada de *O Estado de S. Paulo*. Na ocasião, Paulo Emílio não se identificou como "preso político no governo do anfitrião". Em carta à mãe, declarou que gostara "mais do Armando, que tem realmente uma certa personalidade e interesse [...] Me entendi bem com o Armando com quem fui muito franco".[15]

O tempo acirrou a hostilidade; no "Cemitério" há pouca tolerância com a opção política de Armando e de seus aliados, os "paulistas", representantes de uma elite aristocrática, conservadora, avessa ao projeto nacional do País.

---

15. V. *Paulo Emílio no Paraíso*, op. cit., pp. 118, 578 (nota 9). Algumas revelações de caráter pessoal não constam da alentada biografia de que Paulo Emílio foi objeto, pois seu autor, José Inacio de Melo Souza, não teve acesso ao texto do "Cemitério".

O álibi do narrador popular, além de introduzir a perspectiva de um outro sujeito político, libera o autor para o uso da linguagem chula. "Pratico a vulgaridade porque é preciso."

A metáfora sobre a ingenuidade do Partido Comunista na sua expectativa de aliança com a burguesia é tratada em tom de novela burlesca, vivida por um militante: atração, sedução, negaceio, encontro e surpreendente traição, com sabor masoquista. Peculiar é o cenário onde se desenvolve a trama: Viaduto do Chá, Líbero Badaró, avenida São João, para culminar num quarto do Hotel São Bento, no edifício Martinelli. "...esse Partido Comunista não conhecia paulista...".

Outra anedota chula, esta de difícil compreensão, é a que conta a transformação do coronel Herculano em Herlano, graças a um débito com o general Góis Monteiro. O mesmo expediente, aplicado arbitrariamente a Macunaíma e macuco, transforma essas palavras por analogia em Manaíma e maco.

Quando o episódio do general que só pensa em cu se destaca no emaranhado de histórias do *Cemitério*, a situação do baiano está fadada a se complicar diante da justiça. Para salvar as aparências, a solução ao gosto da ditadura militar, então vigente, é convertê-lo num civil...

O consolo do narrador é a amizade de seu caderno. "Você saberá tudo, caderno, do meu martírio..." "Você sabe, meu caderno", "a quem vou dizendo o que posso". No domínio da meta-literatura, o caderno adquire estatura de personagem.

São quatro na verdade os principais atores de "Cemitério": Paulo Emílio, o baiano, seu *alter ego* popular, o caderno e o livro *Cemitério*. Na infelizmente escassa produção ficcional de Paulo Emílio, os cadernos ocupam posição de destaque. Em *Três mulheres de três PPPês*, duas das três novelas transcorrem em torno de cadernos ou carnês: "Duas vezes Ela" e "Ermengarda com H". Hermengarda manipulava dois cadernos, o externo (roxo) e o íntimo (azul):

> [...] o caderno roxo é a aspiração de convencer os outros daquilo que se deseja ser e o azul é a luta ingrata, áspera, sórdida, contra si próprio e contra o outro, é a purgação. É indispensável à tentativa de transformar a realidade abjeta e adversa

> na catapulta para o vôo, é sujar o próprio corpo no barro hostil – hostil na teimosia em permanecer barro – a fim de modelar a estátua.[16]

Num caderno ela projeta a imagem de si que mais convém aos seus propósitos cínicos, noutro, luta contra as limitações de sua contingência. Em "Duas vezes Ela", Polydoro preenche dois carnês sobre sua jovem e infiel mulher. Dispõe-se a

> [...] enfrentar a tarefa ingrata de encher este segundo *carnet* que escolhi com um número maior de folhas. Tenho mais o que escrever neste do que no outro e respeito a superstição de que as páginas em branco de um caderno começado são mau presságio, anunciam o corte da vida.[17]

No caderno verde que contém em estado bruto o texto inacabado[18] do "Cemitério" permanecem muitas páginas em branco. Enquanto durou o esforço para escrever suas memórias, Paulo Emílio lutava contra o tempo. Recusava "a idéia de alguma coisa poder ser de fato esquecida para sempre".

Carlos Augusto Calil
abril de 2007

---

16. *Três mulheres de três PPPês*. Na verdade este trecho foi suprimido pelo autor, na versão final de seu livro. Está reproduzido no posfácio, "Contra São Paulo", op. cit., p. 189.
17. Idem, p. 100.
18. Em vista do estágio do texto, optou o organizador por manter alguns trechos tachados, por necessidade de compreensão, ou por revelarem a intenção inicial do seu autor.

DESTINOS

Paulo Emílio leva a luta de classes para o palco em peça escrita e encenada na prisão.*

Personagens

ÁLVARO 20 anos, estudante**

CARLOS 19 anos, estudante

LAURO 21 anos, tipo de cabaré (gigolô)

JOÃO criado

RUI operário

LAURENCITO amigo de Lauro

INSPETOR

GUARDA-CIVIL

OPERÁRIOS

AGIOTA

---

* Peça escrita e representada no Presídio Maria Zélia, no "Teatro Popular Maria Zélia", em 1936. [N.O.]

** Personagem representado por Paulo Emílio. [N.O.]

1º ATO

Uma sala com mesa de estudos cheia de livros e revistas. Uma cadeira simples. Ao lado uma cadeira preguiçosa com uma mesinha à esquerda com cigarros.

Ao levantar o pano, Carlos está à mesa sem paletó, estudando.

ÁLVARO (*Entrando, de pulôver.*) Bom dia, bichão.

CARLOS Bom dia? São unicamente quatro horas da tarde, saiba.

ÁLVARO Puxa, que dormida em regra. Também não é à toa. Ontem o diabo do cabaré me deixou tonto: a diabinha da Lula com aqueles pernões me virou a cabeça. Macacos me mordam. Me assustei quando o Lauro me disse serem cinco horas. Mas valeu a pena. Só o diabo do uísque falsificado me deu dor de cabeça.

CARLOS Muito bem. As pernas da Lula, o gigolô do Lauro.

ÁLVARO Mas...

CARLOS Espera... O uísque falsificado, tudo isso tem muita graça, e dizem mesmo que é gostoso. Mas eu compreendo isso de vez em quando. Mas todo o dia é uma indecência, simplesmente uma indecência!

ÁLVARO Chê, estava demorando. Lá vem você com suas lições de moral.

CARLOS Não é lição de moral. Mas isso que você anda fazendo é uma indecência. Tapeando papai, que pensa que você está estudando em São Paulo, estragando sua saúde, enfim, gastando toda sua mocidade nessas cretinices de pernas de Lula, uísque e amigos como aquele tipinho do cabaré, o tal Lauro.

ÁLVARO Eu acho bom, Carlos, você ver como é que fala de meus amigos.

CARLOS Ora, você com histórias. Você mesmo diz que aquele sujeito é gigolô, recebe dinheiro de mulheres da vida, toma cocaína, parece até que é meio invertido sexual, e agora vem aqui defendê-lo.

ÁLVARO Mas você é besta, Carlos. Você está aqui em São Paulo, mas parece que ainda não saiu de Mococa. Isso aqui não tem importância. Todo moço de boa aparência é assim.

CARLOS Ah! Aqui em São Paulo é elegante todo moço de boa aparência ser pederasta?

ÁLVARO Não venha com brincadeiras. O Lauro o que é, é um rapaz sem preconceitos, que não liga para certas coisas.

CARLOS Que ele não liga eu bem sei...

ÁLVARO Você, Carlos, com esse caipirismo me envergonha.

CARLOS Bem: e os estudos, como é? Não vai mais à universidade? Há quantos dias você não aparece lá? Vinte ou um mês?

ÁLVARO Lá vem você com sua mania de exagerar. Ainda há uma semana eu estive lá. Deixa estar. Quando estiverem faltando uns dois meses, eu me mexo.

CARLOS No ano passado e no atrasado você também esperou faltarem dois meses e acabou repetindo o ano. Você está há quase três anos no 1º ano da escola.

ÁLVARO No ano passado, em 1932, foi a revolução de São Paulo. Explica-se portanto.

CARLOS Explica o quê? Você não foi para o *front* nem nada. Ficou aqui sem fazer nada.

ÁLVARO Pelo menos não banquei o besta como você, que esteve no *front*, quase morreu, e agora mete o pau na Revolução Constitucionalista. Eu pelo menos sou coerente.

CARLOS Você é coerente só na moleza. Você está sempre onde estiver a comodidade. Quanto ao fato de eu ter combatido por São Paulo, isso não tem importância nenhuma. Eu estava certo, naquela época, que, se a revolução de São Paulo vencesse, tudo melhoraria, o povo seria mais feliz, haveria mais liberdade e tal. Depois eu vi que aquilo tudo foi uma safadeza de políticos misturados com banqueiros ingleses e americanos, e comecei a atacar. Mas eu continuo a querer mais liberdade e melhor vida ao povo do Brasil. Só que agora eu aprendi a maneira de conseguir tudo isso e não cair mais em conto do vigário, que é o que foi a tal Revolução Constitucionalista.

ÁLVARO Você vive pensando em gente pobre, em liberdade, nessa historiada toda. Eu não posso compreender como é que um sujeito como você, com 19 anos, se mete nessas coisas todas. Deixe disso. Cada pessoa que trate de sua vida. Quem quiser ter dinheiro é só trabalhar e pronto. Agora, os vagabundos, esses têm que ser pobres. Todo sujeito que tem dinheiro é porque trabalhou.

CARLOS Você, por exemplo...

ÁLVARO Lá vem você com suas gracinhas. Eu não trabalhei mas papai trabalhou muito a vida toda.

CARLOS Sim, ele trabalhou um pouco. Mas vejamos quem trabalhou mais – ele ou os colonos da nossa fazenda?

ÁLVARO Os colonos, é claro!

CARLOS E quem é que é mais rico?

ÁLVARO Você tem cada uma. Papai, está visto.

CARLOS Quer dizer que os colonos trabalham muito e são pobres e papai trabalha pouco e é rico. Donde se conclui que você não tinha razão quando disse que todo sujeito que trabalhar enriquece. Os colonos da nossa fazenda trabalham pra burro e quem enriquece é papai.

ÁLVARO Mas papai é culto, esteve numa escola de agronomia nos EUA.

CARLOS Por que os colonos não foram para os Estados Unidos?

ÁLVARO Você tem cada idéia. Porque não têm dinheiro.

CARLOS E por que é que eles não têm dinheiro?

ÁLVARO Assim nós nunca acabamos e isso já está chato.

CARLOS Eu lhe explico por que eles não têm dinheiro. Eles não puderam guardar nada, porque eles é que pagaram com seu trabalho a ida do papai aos Estados Unidos, e são eles ainda que pagam os meus estudos e todo esse uísque que você toma com a tal Lula e o tal Lauro que é uma indecência.

ÁLVARO Isso é um desaforo. A cada momento, por qualquer coisa, você ofende meus amigos. E eu nunca me importei com o que você traz aqui em casa, como aqueles sujeitos mal-encarados, mal vestidos, que até me fazem nojo. Eu nunca disse nada. E você não perdoa um momento as minhas relações.

CARLOS Mas você está se tornando idiota. Você quer comparar os seus amigos, a começar pelo degenerado, com os rapazes que vêm aqui? Esses moços dos quais você diz que tem nojo são jovens operários que recebem uma miséria e é por isso que são mal vestidos. Mas são sujeitos que estudam e lutam por uma vida melhor para todo o povo. Alguns são verdadeiros heróis na luta que mantêm contra nossos inimigos. Arriscam a vida, perdem a saúde, mas continuam firmes, com uma fé, uma sinceridade e uma lealdade impressionantes. Você precisa ver, Álvaro, que é uma indignidade de sua parte, que é uma sujeira você dizer isso desses meus amigos.

ÁLVARO Você quer saber de uma coisa? Eu estou vendo que o que dizem por aí de você é verdade. Você anda por aí metido com essa gente suja, com essa canalha que é contra nós todos, que é contra a família, que é contra Deus, que é contra a pátria. Bem que o Lauro me disse que você era extremista.

CARLOS Lá vem você repetindo essa burrice de extremismo. E você fique sabendo que eu prefiro viver com essa gente suja, com essa canalha de que você fala, do que defender a família lançando mocinhas pobres na prostituição, orar a Deus sendo pederasta ou honrar a pátria tomando cocaína e passando as noites nos bordéis, que é o que fazem esses seus amigos que escrevem nos jornais, que falam no rádio e discursam nas câmaras.

ÁLVARO Chega!

CARLOS Chega mesmo! Se não eu acabo vomitando de nojo de você, meu irmão. Porque você está militando ao lado de uma classe de gente que apodrece, e você está apodrecendo também. Já se nota na sua cara o aparecimento dos primeiros sintomas de sua decomposição...

ÁLVARO Carlos!

CARLOS Da sua decomposição orgânica, porque o seu moral já está gasto...

ÁLVARO Eu não permito que você diga isso de mim.

CARLOS Pois eu digo. Não é o fato de você ser meu irmão que me impedirá de dizer que você se transformou num canalha.

ÁLVARO Carlos!

CARLOS Num canalha.

ÁLVARO Você vá à merda com todas essas suas causas. Não sou criança, sei o que faço, sei arranjar meus amigos, e não aceito ordens de ninguém.
(*Retira-se para um canto.*)
João, oh, João.

JOÃO Senhor.

ÁLVARO Me arranje um banho e prepare o meu terno branco. Já.

JOÃO Sim, senhor.

ÁLVARO Anda logo. (*João sai apressado.*)
(*Álvaro olha para Carlos um instante, morde os lábios e retira-se.*)

2°. ATO

Uma voz: uma semana depois...

CARLOS João, oh, João.

JOÃO (*Entrando.*) Sim, senhor. Bom dia.

CARLOS Como vai você? Sarou sua dor de cabeça?

JOÃO Felizmente sarei, sim, senhor.

CARLOS Como é, o Álvaro não apareceu ainda?

JOÃO Apareceu sim, senhor. Chegou hoje de madrugada. Eu estava dormindo, acordei ouvindo um barulho. Levantei e encontrei "seu" Álvaro estendido no chão de comprido e vomitando. Eu ajudei ele se levantar. Tava fedendo bebida e todo sujo. Levei pro quarto onde ele se atirou na cama sem dizer nada. Agora há pouco eu estive lá. Tá roncando.

CARLOS O Álvaro está exagerando, João.

JOÃO Tá mesmo. Antes ele fizesse como o senhor. Em vez de andar por aí com essa gente esquisita, o senhor pensa na gente, nos pobres, nos coitados que nunca tiveram nada.

CARLOS (*Levanta-se e abraça João.*) Vocês merecem tudo.
(*Ouve-se a voz de Álvaro cantando.*)

CARLOS Lá vem ele.

ÁLVARO Bom dia.
(*João sai.*)

CARLOS Bom dia.

ÁLVARO Antes de mais nada eu lhe peço que você não repita a cena de outro dia.

CARLOS Não. Hoje eu não digo nada. Mas, apesar do seu estado adiantado, eu ainda lhe direi muita coisa.

ÁLVARO Estado adiantado de quê?

CARLOS De decomposição. Mas por ora tratemos de outro assunto. Hoje vem um amigo meu estudar um pouco e jantar conosco. Você quer avisar ao João quando eu sair, sim?

ÁLVARO O Lauro vem também jantar aqui hoje.

CARLOS Muito bem. Terei uma boa oportunidade.

ÁLVARO Por quê? O que é que você pretende fazer?

CARLOS Estudar esse Lauro, eu o conheço ligeiramente. Parece ser um caso muito interessante.

ÁLVARO Ué, mas você achava esse sujeito perigoso.

CARLOS Perigosa também é a lepra, mas não será por isso que a gente deva fugir dela. Ao contrário, a gente deve se aproximar, tomando todas as providências, é claro, para não se contaminar, e estudar cuidadosamente o mal, a fim de que se descubra suas causas e conseqüentemente possa se cuidar de sua cura.

ÁLVARO Quer dizer que você vai tratar do Lauro como se ele fosse um doente e você um médico?

CARLOS Não é só a ele é que eu trato assim. A você e quase todos seus amigos também. Nós fazemos parte de uma classe, a burguesia, que chega a seu fim, que está em estertores. Parte dessa classe se decompõe na farra, vive nos prostíbulos e cabarés... Outra parte pretende defender-se e adianta o fim da burguesia por meio de uma férrea ditadura. São as várias formas de reacionarismo congregadas e representadas aqui no Brasil pelo integralismo. E finalmente uma outra parte da classe moribunda, essa a menor de todas, lança-se na luta ao lado do povo. Você e o Lauro são representantes típicos da primeira parte, a que chafurda nos cabarés. E eu de certa maneira pertenço à última, a que se põe ao lado da revolução.

ÁLVARO Você já fala em revolução. Que negócio é esse em que você anda metido? Você só fala por alto nessas coisas. Explique-me um pouco mesmo isso.

CARLOS Pois não, Álvaro, e eu fico contente por ver você uma vez na vida interessado por isso. Trata-se do seguinte: o Brasil atual está servindo de pasto à luta de dois imperialismos rivais, o inglês e o norte-americano. Tendo-se em vista essa luta...

ÁLVARO (*Olha para o relógio.*) Carlos, espere um instante. Outra ocasião qualquer você me explica. Tenho agora de ir buscar o Lauro para ele vir jantar. Marquei encontro com ele na cidade. Eu aviso o João que vem gente para jantar. Adeus.
(*Sai assobiando.*)

CARLOS (*Tristemente.*) É, não adianta mesmo. Há momentos em que eu ainda tenho alguma esperança. Mas qual, o Álvaro está mesmo um sujeito esculhambado. Creio que não tem salvação. É pena. (*Pausa.*) Está na hora do Rui chegar. (*Pega um livro. Daí a pouco batem palma.*)
É o Rui. (*Levanta-se para atender.*)

CARLOS Olá, Rui, como vai você?

RUI Esplendidamente num sentido, pessimamente noutro.

CARLOS O que é que há?

RUI Os salários foram abaixados lá na minha fábrica. Creio que não posso mais sustentar minha mãe e minha irmãzinha que está no grupo escolar. Mamãe precisa voltar para o trabalho da fábrica, e a menina tem que sair da escola para fazer o serviço de casa.

CARLOS Mas abaixaram o ordenado por quê? Não apresentaram os motivos?

RUI O gerente disse que era devido à crise. Que era uma medida de economia. Que, quando o dono da fábrica chegasse, ele explicaria melhor o motivo.

CARLOS E o dono da fábrica, onde está?

RUI Está na Europa com a família, fazendo uma estação de águas em Vichy.

CARLOS Canalhas!

RUI Canalhas!

CARLOS E a coisa ótima, o que é?

RUI Ah! É o seguinte: apareceu lá na fábrica um rapaz formidável que entrou em contato comigo. Eu lhe contei que reuníamos aqui em sua casa um grupo de estudantes e operários, que estudávamos os meios de melhorar a vida do povo brasileiro. Ele se interessou muito e ficou de vir aqui comigo qualquer dia destes.

CARLOS Está muito bem. Mas precisamos vigiar bem, porque pode ser um espião qualquer. Você sabe, os delegados já estão de olho em cima de nós.

RUI Aquele eu acho que não. Você vê, é um operário.

CARLOS Isso não há dúvida que afasta um pouco a possibilidade de ele ser um espião. Mas é preciso ver se ele é mesmo operário. Mesmo sendo operário é preciso, entretanto, que a gente fique de olho. Nossos inimigos na luta que mantêm contra nós usam de todos os meios. Um deles é corromper pelo dinheiro elementos operários fracos e fazê-los praticar esse crime monstruoso de traição de seus próprios companheiros, de sua própria classe.

RUI É, veremos.

CARLOS Voltando ao negócio da fábrica, vocês não prepararam nenhum protesto, nenhuma greve, nada?

RUI Já se falou nisso. Mas por enquanto é impossível. A fábrica está vigiadíssima, e o gerente vive fazendo ameaças. Que quem pensar em greve perde o emprego e vai para a ilha e mais uma porção de coisas. Os moços é que estão mais animados e dispostos. Precisamos fazer mais reuniões para tratar do assunto.

CARLOS Se você quiser, pode trazer o pessoal aqui em casa.

RUI Eu vou ver isso. Ah! Há uma coisa interessante, sabe Carlos? O gerente, temendo a greve, diminuiu o ordenado só de metade dos operários, pensando assim criar na fábrica duas correntes. Uma querendo a greve e a outra desinteressada dela. Mas o pessoal não topou essa tapeação. Estão todos firmes. Só existe um grupinho de safados, que sempre há em toda parte, que está nos espionando e fazendo uma propaganda derrotista contra a greve. Mas nós damos um jeito nessa gente.

CARLOS É, e olha aqui, nós precisamos dar um jeito também de realizar logo um congresso de jovens. A coisa precisa sair mesmo. Dentro de três meses nós precisamos instalar o primeiro congresso brasileiro de jovens operários e estudantes.

RUI A coisa está caminhando. Na fábrica já há uma delegação encarregada de representar os jovens de lá.

CARLOS Lá na faculdade também o bloco está pronto.

RUI O que anima e dá força à gente no meio de tanta miséria é ver que a "coisa" está caminhando numa rapidez espantosa.

CARLOS Olhe aqui. Vamos jantar num boteco qualquer da cidade onde possamos conversar à vontade. O Álvaro vai trazer hoje um sujeito aqui que como caso clínico e social é muito interessante, mas que nos vai fazer perder tempo.

RUI Quem é? É aquele tal dos cabarés de que você fala tanto?

CARLOS É o tal mesmo. Vamos?

RUI Vamos embora.
(*Saem. Pausa um instante. Entram Álvaro e Lauro.*)

ÁLVARO Não vi onde foi o Carlos. Eu deixei ele aqui em casa esperando um amigo que também vinha para jantar. Vai ver que ele não quis se encontrar conosco.

LAURO Eu lhe explico, Álvaro. O tal amigo de seu irmão com certeza é um desses extremistas com quem ele vive andando. E esses extremistas são uns safados. Querem acabar com tudo, Álvaro. Com dinheiro, com cabaré, com família.

ÁLVARO Puxa.

LAURO E sabe com que mais? Você não pode imaginar com mais o que eles pretendem acabar.

ÁLVARO Com o quê?

LAURO Com as mulheres da vida, com as pensões gostosas etc.

ÁLVARO O quê? Acabar com a zona chique? Mas isso é uma infâmia. E como é que a gente vai trepar então?

LAURO Ah! Eles fazem o tal amor livre, você trepa com quem você quiser.

ÁLVARO Não! Isso é bom.

LAURO Bom? Mas você acha bom que um sujeito qualquer encontre sua irmã, arranque-lhe a calça e pronto?

ÁLVARO Oh! Mas vão fazer isso com nossa família também? Ah bem, eu pensei que fosse só com essas garotas que andam por aí, do comércio, das fábricas, que afinal não têm nada a perder. Mas com nossas irmãs também. Isso é uma patifaria.

LAURO São essas coisas todas que me fazem de vez em quando ter vontade de aderir ao integralismo. Mas qual, por enquanto eu acho que ainda não estamos em perigo. Podemos continuar sossegados nessa nossa vidinha gostosa, não é? (*Ar canalha.*)

ÁLVARO Sem dúvida, Lolô.

LAURO É, o que nós por enquanto temos que fazer é cumprir com nossas obrigações. Tomar nosso uísque, amar as amiguinhas e os amiguinhos e arranjar os cobrinhos para tudo isso. A propósito, Álvaro, você precisa dar um jeito. Eu preciso de mais uns *moneys*.

ÁLVARO Mas, Lauro, ontem mesmo eu já lhe dei uns cobres. Agora você já quer mais?

LAURO Olha, Álvaro, você precisa ver que essas nossas coisas custam caro. Você pensa que é barato um troço que as farmácias não vendem nem com atestado médico?

ÁLVARO Eu sei que custa caro, mas, afinal de contas, você leva dinheiro pra burro e me traz só um pouquinho de cocaína.

LAURO Psiu. Olha esta provocação, que diabo. Não fale assim alto.

ÁLVARO Eu falo alto, sim. Isso é uma roubalheira, é uma infâmia, você está me explorando.

LAURO Se acalme, Álvaro. Você quer, eu tenho um pouquinho aqui ainda.

ÁLVARO Cadê? Dá.

LAURO Espere. Mas é de outra pessoa. Você precisa me dar dinheiro para eu descontar depois.

ÁLVARO Está bem. Tá um cheque. É o último dinheiro que eu tenho no banco. Mas tá... Dê agora, dê.

LAURO Espera, aqui não. Vamos para seu quarto, o seu irmão pode chegar.

ÁLVARO Vamos, vamos.

3º. ATO

O palco dividido em duas partes: à esquerda do público uma mesa com livros e uns bancos toscos; à direita, uma cadeira preguiçosa e uma mesinha com copos cheios de uísque. À esquerda, Carlos, Rui e mais pessoas; à direita, Álvaro, Lauro e um outro falam em surdina.

CARLOS Então assim fica tudo combinado. Depois de amanhã já ninguém entra na fábrica. A brigada de choque contra os fura-greves já está organizada. Os estudantes já nomearam uma comissão para socorrer as famílias dos grevistas em caso de falta de comida. (*Continuam falando e gesticulando um pouco.*)

ÁLVARO Mas eu não posso mais, Lauro. Eu não tenho mais dinheiro e já fiquei devendo quase três contos só nessa última semana.

LAURO Mas precisamos dar um jeito nisso. É preciso, Álvaro, arranjar dinheiro para podermos comprar a coisa gostosa. Se você pode fazer aqui um negócio com o amigo Laurencito.

LAURENCITO É, eu posso adiantar um pouco para os amigos, mas os amigos, é claro, entre pessoas de negócio deve estar tudo claro, os amigos devem assinar pequeno compromisso.

LAURO Ótimo, Álvaro, você assina aí esse papel e fica tudo resolvido.

ÁLVARO Está bem, está bem, dá aqui, eu assino.

RUI O comício vai ser feito quando tiver reunido um grande número de operários na porta da fábrica. Se a polícia tentar dissolver, nós resistiremos.

UM DOS PRESENTES O armamento já foi todo distribuído.
(*Ouvem-se palmas.*)

CARLOS Quem será?
(*Um dos indivíduos se afasta um pouco. Entram um inspetor e um guarda-civil.*)

INSPETOR Estão todos presos.

O QUE SE AFASTOU Os principais são esses.
(*Aponta Carlos e Rui.*)

RUI Canalha!
(*Avança; o grilo o segura.*)

INSPETOR Pra Delegacia.
(*Saem todos.*)

LAURENCITO Assim fica tudo bem resolvido.

ÁLVARO Onde está o adiantado, então?

LAURENCITO Tá.
(*Estende um pedaço de papel branco.*)

ÁLVARO Oh! Oh!
(*O pano fecha e levanta novamente.*)

VOZ Três meses depois.
(*Do lado esquerdo: Rui, Carlos e outros.*)

CARLOS (*Para um dos do grupo.*) O congresso dos jovens se instala amanhã. Apesar dos vinte dias que estivemos presos, está tudo organizado.

OUTRO Já?

RUI A polícia está preparando um golpe, mas nós vamos instalar o congresso de surpresa.

CARLOS Mesmo que eu, Rui e outros sejamos presos, o congresso continua.

RUI Será a mesma coisa que aconteceu por ocasião da greve. Devido a uma traição, a polícia nos prendeu, e ficou certa de que a greve não arrebentaria. No dia seguinte a fábrica apitou inutilmente. Os operários vieram até o portão, mas para protestar contra nossa prisão.

OUTRO Quem presidirá a sessão?

RUI O Carlos, já ficou resolvido.

ÁLVARO Não posso mais, isso é o cúmulo.

JOÃO (*Entrando.*) Seu Álvaro, tem aí uma pessoa que quer falar consigo.

ÁLVARO Quem é?

JOÃO Não sei, não, senhor.

ÁLVARO Diga que não estou.
(*João sai.*)

ÁLVARO Onde é que eu posso arranjar dinheiro? Onde? Não tenho. Não posso mais. Eu preciso.

JOÃO Ele insiste em ver o senhor.

ÁLVARO Diga que não estou, que eu não recebo. Que inferno está isso. Quem é afinal?

AGIOTA Sou eu. O senhor precisa me pagar senão eu posso até mandá-lo para cadeia.

ÁLVARO Eu pra cadeia? Eu? Não! Não!

AGIOTA Não adianta fazer barulho. Eu tenho aqui um documento.

ÁLVARO Que documento?

AGIOTA Assinado pelo Laurencito.

ÁLVARO Documento o quê? Não pago. Vá embora. Canalha.

AGIOTA (*Saindo.*) Amanhã veremos, seu cocainômano.

ÁLVARO Oh, oh!
(*O pano desce.*)

UMA VOZ No dia seguinte.
(*Lado esquerdo: uma mesa; Carlos, de pé, fala.*)

CARLOS Companheiros, o proletariado jovem e os estudantes brasileiros... (*Continua gesticulando.*)

ÁLVARO (*Sentado acabrunhado.*) Eu enlouqueço. Nem enxergo mais nada. Onde está o Lauro? Lauro! Lauro!

JOÃO O senhor está sentindo alguma coisa?

ÁLVARO Lauro, Lauro. Quero cocaína. Lauro, eu morro. Lauro! Eu me mato sim! Mato! Mato! Oh! Oh! Mato! (*Entra gritando isso.*)
(*Ouve-se um tiro. Álvaro volta cambaleando e gemendo se atira no chão. João chega e olha estático esse quadro.*)

CARLOS Companheiros, a nossa hora se aproxima. Companheiros, a nossa vida começa.
(*Começo do Hino da Aliança em surdina.*)

[Centro de Documentação do Movimento Operário Mário Pedrosa, *Cadernos CEMAP*, jul. 1985, ano II, n. 2. Posteriormente in *Folha de S. Paulo*, Caderno Mais!, 15 dez. 1996]

APÊNDICE

PAULO EMÍLIO NA PRISÃO

Em julho de 1936 Paulo Emílio me escreveu uma carta que só agora, dezembro de 1984, me chega às mãos. Esse escandaloso atraso, esse atraso histórico de quarenta e cinco anos, que me deu por alguns minutos a sensação de ter voltado à adolescência, encerra uma história que merece ser contada.

O ano anterior à carta, 1935, havia sido o do nosso acesso à literatura. Terminado o ginásio, que cursamos juntos, já tendo ido por água abaixo o plano de nos tornarmos médicos como nossos pais, só nos restava fazer a nossa entrada triunfal na vida artística paulista. Conhecemos a dupla sagrada, Mário e Oswald de Andrade, fora outras divindades menores, publicamos *Movimento*, "revista do presente que enxerga o futuro", com capa e inquietante colaboração de Flávio de Carvalho. Embora a revista se referisse entusiasticamente aos "novíssimos", não me recordo mais do que dois. Um deles, o Paulo naturalmente, compensava essa deficiência multiplicando-se em meia dúzia de heterônimos, nascidos não de uma irresistível vocação *à la* Fernando Pessoa, mas da necessidade imediata de preencher as páginas do *Movimento* com alguns nomes inéditos, sugerindo toda uma geração ansiosa por subir. Nasceram assim, entre outros, o poeta operário Hag Reindrahr, que dedicava um poema aos seus colegas de mictório da fábrica. Ray Barbosa, neto natural de Rui Barbosa, e o crítico teatral Joaquim Maurity, conhecido pelos amigos como Quinquim.

O plural que coloquei lá em cima, aquele "nós" um tanto pretensioso, precisa ser explicado melhor. De fato, as iniciativas cabiam sempre a Paulo Emílio, com pequeníssima participação minha. Ele marchava à frente, com a arrogância de seus dezoito anos, eu caminhava atrás, amigo incondicional e discípulo às vezes recalcitrante. Quando se tentou organizar um clube, o Quarteirão, reunindo remanescentes da Semana de 22 e outros modernistas de safra mais recente, Paulo Emílio, secretário-geral do clube – o presidente era Sérgio Milliet –, ordenou-me: "Vou te eleger para a Comissão de Literatura, mas não me apareça por lá, que essa sua timidez e essa sua cara de criança desencorajam qualquer um". Obedeci e fui eleito. Se não cheguei a me reunir com os meus ilustres colegas de literatura foi apenas porque o clube morreu antes, de exaustão, no dia mesmo em que os seus estatutos, após numerosas sessões de árdua e enfadonha discussão, acabaram por ser aprovados. Estávamos todos estafados.

Mas havia ainda outro fator. O fim do ano tingiu-se novamente de sangue. Em outubro de 1934, integralistas e comunistas haviam-se defrontado na praça da Sé. No tiroteio morrera, com uma bala na nuca, o rapaz, irmão de um nosso colega de ginásio, que arregimentara Paulo Emílio para a esquerda. Em novembro de 1935, a chamada Intentona Comunista (a única intentona, ao que eu saiba, da nossa história, tão cheia, no entanto, de golpes e revoluções) deu início oficial à repressão.

Nós dois, Paulo e eu, restringindo o nosso campo de ação, começamos a nos preparar para o exame vestibular da Faculdade de Filosofia, a grande novidade do momento. O nosso professor de Filosofia, por estranho que possa hoje parecer, era o Padre Arnaldo, pároco da Igreja de Santa Cecília, recomendado a meu pai como especialista na matéria. Duas vezes por semana ele chegava à casa do Paulo, gordo, suado (como um eclesiástico de Eça de Queiroz, diria Nelson Rodrigues), e começava a ditar, sem uma palavra de comentário, sem uma pausa para esclarecimento, um texto composto por secas definições, apoiadas umas sobre as outras até formar um imponente edifício, uma espécie de castelo de cartas filosóficas, cuja base, verifiquei mais tarde, repousava sobre as noções aristotélicas de matéria e forma, potência e ato. Fazia um calor insuportável naquele dezembro, o Padre Arnaldo enxugava o rosto entre dois conceitos tomistas, e nós enchíamos em silêncio os nossos cadernos, que nunca nos serviriam para nada, com a aplicação e a disciplina que nos faltaram no Ginásio.

Uma tarde, que não era de lição, apareceram em lugar do padre dois investigadores de polícia, corpulentos e bem-educados. Queriam que o Paulo desse um pulo até a Delegacia para prestar declarações. Coisa de uma hora ou duas. Em nossa perfeita inocência política, que continha teoria de mais e prática de menos, não supusemos que pudesse ser mentira o que estava sendo dito por pessoas tão atenciosas. Paulo tomou banho, vestiu-se com esmero – ele alternava dias de descaso com dias de grande requinte vestimentar – e partiu, sem nem mesmo a clássica malinha de mão, com um pijama e uma escova de dente. Só retornaria à liberdade quatorze meses depois, na quarta-feira de Cinzas de 1937. Assim mesmo graças a uma fuga rocambolesca, através de um túnel que o conduziu, e mais alguns companheiros de aventura, até um terreno contíguo ao do velho casarão, quase abandonado, que lhe servia de prisão – o presídio político do Paraíso, assim intitulado, com involuntária ironia, por situar-se na rua do Paraíso, logo adiante da avenida Paulista.

Não demorou nada para eu receber uma carta, a primeira de uma longa série. O tom do Paulo continuava o mesmo comigo, de brincadeira dentro da seriedade. Dizia ter conseguido afinal realizar a pilhéria – estava no Paraíso – e prometia escrever um livro, para o qual logo encontraria o nome oportuno: *O Paraíso achado*. Julgava poder sair a tempo de fazer o exame da Faculdade de Filosofia e pedia que eu ocultasse o fato de sua prisão a duas pessoas, minha avó e o Padre Arnaldo.

Sobre as suas novas condições de vida, escrevia: "A bóia é regular e os companheiros são alegres e simpáticos. Passam o dia jogando, fazendo julgamentos, conferências, debates, cantando, contando anedotas, irradiando números musicais e literários para outras celas do Paraíso etc. Somos 22 numa cela de uns quinze metros de comprimento por seis metros de largura".

Às quintas-feiras, o visitávamos, um pequeno grupo de parentes e amigos. Desejávamos dar-lhe apoio, passar-lhe um pouco do nosso calor de pessoas livres. Mas quase sempre acontecia o contrário: ele é que nos fazia rir, ele é que nos remuniciava de otimismo com a sua vitalidade e a sua inesgotável alegria de viver. Íamos confortar e saíamos reconfortados.

No segundo trimestre de 1936 Paulo Emílio foi transferido para o Maria Zélia, um presídio enorme, que aproveitava as instalações de uma fábrica desativada do Belenzinho. Não só o número mas a proporção dos operários eram lá bem maiores, o que agradava ao Paulo como político e como homem, da mesma forma que a efervescência de um grande conglomerado humano prestava-se admiravelmente à expansividade do seu temperamento. Quando ele teve de retornar à sua primitiva prisão, em agosto de 1936, por "incompatibilidade de gênio" com o diretor do Maria Zélia, segundo escreveu, não é de admirar que se haja queixado da tranqüilidade do seu Paraíso revisitado: "Isto aqui está enormemente chato. Esse silêncio daqui me incomoda tanto que até meu sono atrapalha. Isso não é literatura. É impressão de um sujeito que passou 3 meses com 400 companheiros dentro de uma enorme caixa de cimento".

Foi na caixa de cimento do Maria Zélia que Paulo Emílio escreveu e fez representar *Destinos*, que ora se publica pela primeira vez. Seria injusto encarar literariamente uma peça concebida em parte como passatempo de prisão e em parte como arma de propaganda política, entendida não no sentido de aliciamento – todos os seus espectadores já estavam certamente aliciados de antemão – mas no de manter alto o que em linguagem militar se chama o moral da tropa. Para que a reclusão se tornasse menos penosa, nada mais indicado que reafirmar constantemente não apenas a justiça da causa pela qual eles estavam presos (ou melhor, em casos como o de Paulo Emílio, detidos, detalhe jurídico que a polícia sempre enfatizava), mas, igualmente, a próxima e inevitável vitória da revolução. É nesse sentido que a peça deve ser lida, é assim que se pode compreender o seu esquematismo, proveniente da necessidade de separar com extrema nitidez os dois campos de luta, os amigos e os inimigos, os companheiros e os adversários – ou seja, em última análise, o Bem e o Mal.

O ângulo é o único que Paulo Emílio conhecia: o da burguesia. O debate não se desenvolvia entre ela e o operariado, como no marxismo estrito, mas dentro dela mesma, entre a sua parte ainda sã e aquela que se deteriorava inclusive sexualmente. Neste ponto, *Destinos* não deixa de lembrar certos aspectos de *O rei da vela*, não obstante a patente diferença de qualidade teatral, para não falar nas técnicas empregadas entre as duas peças, a de um jovem imaturo e a de um escritor em plena posse de seus recursos. Álvaro (papel representado por Paulo Emílio), o rapaz freqüentador de cabarés e bordéis elegantes, amigo de Lauro, gigolô e pederasta, não está muito distante de Perdigoto, caracterizado por Oswald como pertencente à "escória noctâmbula de S. Paulo, os de porta de bar, os faróis de clube de jogo, os gigolôs de lupanar...".

Nos dois textos a decadência da burguesia apresenta-se sobretudo pelo lado moral, não faltando, em ambas, nem a alusão ao homossexualismo como sintoma dessa crise, nem a relação, na verdade tenuamente estabelecida, entre o surgimento do integralismo e a decomposição de uma classe. O triunfo da revolução, é o que se subentende, virá menos de uma luta difícil e prolongada que do súbito esboroamento de uma das facções, justamente a que ocupava o poder.

Por outro lado, o intermediário entre a burguesia e o operariado é o intelectual, ambíguo e cheio de contradições internas em *O rei da vela*, na medida em que Abelardo I, enxergando claramente a situação política, não quer abrir mão de seus privilégios; resolutamente a favor dos oprimidos na peça de Paulo Emílio, por intermédio de Carlos, estudante que se alia aos operários, apesar de filho de fazendeiro, chefiando as reivindicações, a começar pela greve.

Se aqui se insinua, a par de um moralismo e de um triunfalismo que não fariam parte do Paulo Emílio adulto, uma boa dose de paternalismo intelectualista, deve-se isso talvez à imagem proposta pelo marxismo, como uma teoria puramente racional, que tira o maior quinhão de seu poder do conhecimento científico e filosófico. Com os intelectuais interpretando os fenômenos históricos e os operários entrando com a sua força maciça, não haveria opositor que pudesse resistir.

Os meses de prisão, prolongando-se, começaram a marcar Paulo Emílio, talvez para sempre. Mas não, ou nem sempre, em sentido desfavorável. Em outubro de 1936, numa carta escrita em termos livres e pessoais porque não passaria pela censura, ele dizia o seguinte a seu respeito: "Eu pessoalmente vou bem. Essa cadeia está me dando uma experiência política realmente notável. Você não pode imaginar, Décio, a quantidade de ilusões que perdi, os erros que enxerguei e as coisas que aprendi durante esses nove meses de prisão. E aqui também se firmaram certas tendências da minha personalidade que até então estavam incertas, como por exemplo a minha decidida vocação para a Política e meu irremediável fracasso em relação à existência normal...".

Os dois traços persistiram de algum modo em sua vida, em caráter ora dominante, ora recessivo, irrompendo bruscamente ou mantendo-se em discreto e atuante segundo plano. A política de esquerda transparece, sob as mais matizadas formas, em tudo o que fez e escreveu, por longe que estivesse ou parecesse estar das fórmulas usuais do marxismo. E se foi obrigado a voltar, ainda que em medida modesta, à normalidade de todos nós, prestando por exemplo na década de 40 o vestibular para Filosofia que não pudera realizar em 1936 e 1937, nunca deixou que os cargos, as funções oficiais ou semi-oficiais, pesassem sobre o seu modo de ser, alterassem os seus hábitos de informalidade e humor. É curioso que tenha exercido tanta influência e fascinado tanta gente exatamente por essa estranha mistura de engajamento social e distanciamento lúdico, sendo e deixando de ser o professor exemplar, o crítico de cinema modelo, negando sempre a forma – ou fôrma, como escreveu Manuel Bandeira – para ir direto à essência das coisas e das pessoas.

Não estou tentando sugerir que a mais arbitrária das prisões, sem qualquer delito exceto o de opinião, lhe haja sido benéfica ou possa ser benéfica a alguém. Desejo somente salientar que Paulo Emílio, com uma firmeza de ânimo que poucos suspeitariam existir dentro do seu aparente estouvamento juvenil, soube tirar proveito da adversidade, transformando o confinamento obrigatório num período de leituras intensas (principalmente obras históricas ou de ficção: as políticas estavam proibidas), de contatos humanos enriquecedores, e também, como se depreende da carta, de meditação interior. Porém, só quando recobrou a liberdade, na França, liberdade plena, inexistente no Brasil, não só jurídica mas de irrestrita informação e reflexão política, é que fixou em definitivo a sua personalidade. E só veio a estrear em livro, fato surpreendente em pessoa tão precoce e à primeira vista tão ansiosa por aparecer, vinte anos depois de ter fugido da prisão e de ter partido para a Europa. Mas já aí, em 1957, com o estudo publicado em Paris sobre Jean Vigo – outro mal ajustado "à existência normal", que exprimia através da arte o seu não-conformismo – que lhe daria renome internacional.

Resta contar o percurso feito por *Destinos*. Na carta em que me enviava o original da peça, Paulo acenava com a possibilidade óbvia de que o seu texto, pregando a revolução dentro de um presídio político, fosse utilizado contra ele: "Pena que um funcionário do Presídio tenha julgado a peça extremista. E o que é pior, além de extremista, subversiva. A peça foi parar na superintendência da Ordem Pública e Social. E se eu for processado creio que chegará aos Tribunais". Foi o que aconteceu, em parte. Enviada ao Rio, tendo como anexo a inocente carta a mim endereçada – e que não será publicada por não apresentar qualquer interesse geral, além do transcrito acima –, dormiu nos arquivos do Tribunal de

Segurança Nacional, à espera de um julgamento que nunca se materializou, até ser descoberta pela fúria pesquisadora de Edgar Carone, por coincidência fraternal amigo de Paulo.

Os livros também têm o seu destino, diziam os romanos. O desta publicação talvez seja o de devolver aos seus admiradores um Paulo Emílio adolescente, sofrendo e reagindo com vigor ideológico à prisão, repisando perante as autoridades o crime de pensamento que lhe era imputado. Sem a sutileza dos últimos anos mas já com a pugnacidade que o tempo mudaria em amarga e doce ironia.

Décio de Almeida Prado

[Centro de Documentação do Movimento Operário Mário Pedrosa, *Cadernos CEMAP*, jul. 1985, ano II, n. 2. Posteriormente in Décio de Almeida Prado, *Seres, Coisas, Lugares*. São Paulo: Companhia das Letras, 1997, pp. 147-53]

AGRADECIMENTOS

Adilson Inácio Mendes
Antonio Candido de Mello e Souza
Cinemateca Brasileira
Dainis Karepovs
Davi Arrigucci Jr.
Elio Gaspari
Luís Fernando Angerami
Maria Augusta Fonseca
Mayrant Gallo
Milton Ohata
Olga Toshiko Futemma
Roberto Schwarz
Vladimir Sacchetta

CRÉDITO DAS IMAGENS

IMAGENS DA CAPA, PP. DE ABERTURA, 6 e 112-13
Acervo Iconographia / Companhia da Memória

CAPA E PP. ABERTURA Integralistas em fuga durante a "Batalha da Praça da Sé", São Paulo, 7 out. 1934

P. 6 Praça da Sé durante o confronto entre antifascistas e integralistas, 7 out. 1934

PP. 112-13 Fachada do Presídio Maria Zélia situado na avenida Rangel Pestana, São Paulo, c. 1937

P. 138 Acervo Cinemateca Brasileira
Décio de Almeida Prado, Paulo Afonso Mesquita Sampaio, F. Coaracy e Paulo Emílio, c. 1933

Coordenação editorial AUGUSTO MASSI e CARLOS AUGUSTO CALIL
Editor MARIA HELENA ARRIGUCCI
Transcrição MARTA KAWANO
Revisão técnica DAINIS KAREPOVS
Preparação e revisão MILTON OHATA
Projeto gráfico LUCIANA FACCHINI
Composição JUSSARA FINO

Dados Internacionais de Catalogação na Publicação (CIP)
(Câmara Brasileira do Livro, SP, Brasil)

Gomes, Paulo Emílio Sales (1916-1977)
Cemitério: Paulo Emílio Sales Gomes
Peça teatral "Destinos": Paulo Emílio Sales Gomes
"Paulo Emílio na prisão": Décio de Almeida Prado
Organização e posfácio: Carlos Augusto Calil
São Paulo: Cosac Naify, 2007
152 pp., 5 ils.

Obras completas de Paulo Emílio ISBN 978-85-7503-543-6
ISBN 978-85-7503-531-3 v.2 – Ficção

1. Ficção brasileira 2. Teatro brasileiro
I. Prado, Décio de Almeida (1917-2000) II. Título.

06-3902 -869.92 CDD-869.93

Índices para catálogo sistemático: 1. Ficção: Literatura brasileira 869.93
2. Teatro: Literatura brasileira 869.92

COSAC NAIFY
Rua General Jardim, 770, 2º andar
01223-010 São Paulo SP
Tel [55 11] 3218 1444
Fax [55 11] 3257 8164
www.cosacnaify.com.br

Atendimento ao professor [55 11] 3823 6595

FONTES Documenta e Berber
PAPEL Paperfect 104 g/m²
IMPRESSÃO RR Donnelley Moore
TIRAGEM 4000